愛だというには切なくて

Kazuya Nakahara
中原一也

CHARADE BUNKO

Illustration

奈良千春

CONTENTS

木枯らしが吹く季節がやってきた。

坂下《さかした》診療所の待合室には、仕事にあぶれたオヤジたちが集まっていた。つけたばかりのストーブの前には五、六人が集まり、スルメを炙《あぶ》りながら一杯やっている。

待合室で酒を飲むなんて本来なら言語道断といったところだが、ここはどこにでもあるごく普通の診療所ではないのだ。労働者街の中にあり、その日暮らしの男たちを相手に診察している。自転車操業のような経営で貧乏とは切っても切れない診療所は、いささか事情が違った。

どうせつけたストーブだ。せっかくなら使い倒さないと勿体《もったい》ないとばかりに、それを許している。

また、別のところでは数人が顔をつき合わせて何やらコソコソ話していた。

「どうや？　揉《も》んでる気になってきたやろ？」

「うん～、微妙なところやないか？　そう言われればそうかもしれんが……」

「もっと集中せんかい。集中力が大事や。それをおっぱいと思うんや」

「おっぱい、おっぱい……。おお、確かに段々気分が乗ってきたぞ」

「せやろせやろ？　ほら、もっと集中せい」

パイプ椅子《いす》の上に広げているのは、若い女性があられもない格好をした写真が載っている雑誌だ。はちきれんばかりのボディをあますところなく見せつけ、挑発的なポーズを取っている。それを見ているオヤジが手にしているのは、買ってきたばかりのあんまんだった。

女性のおっぱいに見立てて両手で摑《つか》み、いやらしく揉んでいる。

「本当じゃ〜。おっぱいじゃ、おっぱい。おっぱいになってきたぞ。わし、未央《みお》ちゃんのおっぱいを揉んどるんじゃ〜」

頰《ほお》を赤らめ、嬉《うれ》しそうにあんまんを揉んでいるさまは情けない。しかもその隣では、別の男が温めた冷却ジェルをビニール袋に入れて揉んでいるではないか。

男は鼻の穴を広げながら、感動を口にしていた。

「こっちもええで〜。ジェルの方がぷるぷるしとって本格的や」

「貸してくれ。うおーっ、本当じゃ。こっちの方が本格的な感じがするぞ。なんやこのたまらん感触は。ああ、やばいぞ。やばいぞこれは〜」

「俺にも貸せ！」

「待て待て。順番守らんかい」

「お前、さっきからずっと揉みよーやないかい！」

小さな諍《いさか》いが始まると、診察室でカルテの整理をしていた坂下は作業を中断してそちらに向かった。こんなくだらないことがきっかけで大喧嘩《おおげんか》に発展するなど、あまりにも馬鹿馬鹿しすぎる。そうなる前に、阻止するべきだ。

「ちょっと、何やってるんですか。相変わらず変な遊びばっかり……、――あっ！　それ、診療所の備品じゃないですか！」

男が手にしているものに気づき、坂下は声をあげた。

おっぱいの代わりにされていたジェルは、土木作業中に肘《ひじ》を痛めた男に貸していた冷却ジェルだった。肘の関節部分が熱をもっていたため、しばらく冷やしておけと言って渡したのだが、冷やすどころか中身を取り出し、二重にしたビニール袋に詰め直した挙げ句に温め、それをガーゼでくるんで使っている。

手がわなわなと震えた。

「な、なんてことをするんです！　どうやって温めたんですか！」

「ストーブにかけてある鍋《なべ》の湯をだな……」

「あーっ、これ、お茶淹《い》れるのに使おうと思ってたのに！　汚いじゃないですか！」

使い回しのビニール袋を突っ込んだ湯なんて、さすがに節約志向の坂下でも飲む気にはなれない。

その剣幕を見て、主犯格の男が口を尖《とが》らせて反論した。

「一個くらいええじゃろうが。ケチ臭ぇこと言うなよ」

「うちはギリギリでやってるんですよ。こんなくだらないことに使って！　弁償してください、弁償！」

「そんなに怒るなって。わかったよ、弁償すりゃいいんじゃろう」

「二度とこんなことしないっていう約束もしてくださいね」

脅すように言うと、男は素直に頭を下げて謝罪した。しかし、無意識なのか手はまだ擬似おっぱいを摑んでおり、その袋が破れて中のジェルが飛び出す。

「熱ぃ！　あちちちち……っ！」

指から手の甲にかけて、温められたジェルがべっとりとつき、男は慌てて手を洗いに診察室横の部屋にある水道へ走った。情けない姿を冷めた目で見てやる。

「くだらないことするから、バチが当たったんですよ」

「なんや、先生。医者のくせにケガ人を心配せんとは、不届きなやっちゃな！」

「ケガ人ってほどじゃないでしょ」

念のため手を診《み》てやるが、少しピンク色に火照っているだけで治療が必要な状態にはなっていなかった。この程度なら、痛みはそう続かないだろう。

けれども、いいお灸《きゅう》にはなったはずだ。

「ほら、やっぱり大して赤くもなってないじゃないですか。大袈裟《おおげさ》なんですよ。これに懲りたら、変な遊びはしないでくださいね」

冷たい坂下の言葉に、ブーイングが湧《わ》き上がる。

(まったく、ろくなことをしないんだから……)

坂下は溜《た》め息を漏らした。

この街に来て間もない頃から、ここの連中はずっとこんなことばかりしている。女を悦《よろこ》ばせるためと言い、自分のイチモツの皮の内側に真珠の大きさに加工した歯ブラシの柄を入れてみたり、自家フェラチオに挑戦する目的でストレッチをしてみたりと、馬鹿馬鹿しいことに本気でチャレンジする。

子供なのだ。いい歳《とし》したオヤジが、子供レベルのことをして喜んでいる。

女性の裸の写真を見ながらあんまんやジェルを揉むなんてくだらないことを考えつくのも、連中の頭の中が中学生並みの好奇心で溢《あふ》れているからに違いない。

その知恵をもっと別のことに働かせれば、何か世の中の役に立つことができそうだと思うが、そんなことを言っても無駄だというのはわかっている。

そして、何やらよからぬことを考えている人物がさらに二人――。

(さっきから何をやってるんだ)

診療所の玄関の段差に腰を下ろし、こちらに背中を向けて座っているのは斑目《まだらめ》と双葉《ふたば》だ。野性的という言葉が似合う無精髭《ぶしょうひげ》の男とサラサラの髪の毛をした若い男は、この街でも中心的存在で、坂下のことを陰から支えてくれている。坂下が危機的状況に陥った時も、幾度となく手を貸してくれた。

けれども、それだけではないのが厄介なところだ。今も肩を並べてエロ雑誌に見入っているが、覗《のぞ》くと、予想をはるかに超えるものが目に入った。

ナース服を着た若い女性の写真なのだが、スカートの部分の紙が二重になっており、それをめくると下着が見える仕組みになっている。

しかも、いつ撮ったのか坂下の顔写真を彼女の頭の部分に貼《は》っているではないか。

「先生、パンツ見せてくれよ」

斑目は写真に向かっていやらしく言い、ピラッとそれをめくった。

「やん、晴紀《はるき》恥ずかしい」

双葉が高い声色を使って言うと、スカートを元に戻して再びめくってみせ、またスカートを戻す。

「いくぞ、ピラッ！」

「いやん！」

「ピラッ！」

「やん！」

何度もスカートをめくったり元に戻したりしながら、二人はアテレコをして遊んでいた。

「斑目さん、もう一回めくって」

「いいぞ、先生のパンツは可愛《かわい》いからな。俺が見てやる。——ピラッ！」

「や〜ん」

いつまでもくだらない小芝居をやめない二人に、坂下は自分の履いていたスリッパの片方を脱いで頭をスパーン、スパーン、と思いきり叩《たた》いてやった。

いい音が待合室に響く。

「なぁ〜に二人で遊んでるんですか」

「ちょっと〜、先生、いきなりスリッパで叩くことはないでしょう」

「そうだそうだ。暴力反対だぞー」

坂下本人に見られたにもかかわらず、まったく悪びれる様子のない二人に呆《あき》れることしきりだ。

「裏で叩かれなかっただけマシだと思ってください。何やってるんですか、まったく」

腕を組み、冷めた眼差《まなざ》しで二人を見下ろしてやる。

特にこの二人の馬鹿げた遊びは、レベルが違った。歳は離れているが、親友のように仲のいい二人はよくこうして坂下に聞こえるようにセクハラを仕掛けてくるのだ。

「何やってるかって、先生のスカートをめくって遊んでるに決まってんじゃねぇか。楽しいぞ。ほら見ろ。——ピラッ！」

本がよく見えるよう立ち上がった斑目は、坂下の目の前でスカートをめくってみせた。すると、すかさず双葉が言う。

「やん、晴紀困っちゃう～」

「それ、俺の真似《まね》ですか」

「そうですけど」

ニコニコと笑いながら返事をする双葉を見て、怒る気もなくなる。

「ここで遊んでる暇があるなら、仕事してきたらどうですか？　みなさんも！」

坂下は、待合室にたむろしている連中にも言ってやった。まさか自分たちもとばっちりを受けると思っていなかったのだろう。連中はまるで母親に「ダラダラするな」と叱《しか》られる休日の子供のように、言い訳を始めた。

「だってよぉ。最近、仕事がねーもんなぁ」

「俺らだって仕事して、たっぷり酒飲みてぇよなぁ」

「今は不況で大変なんだよ～」

確かに、不況続きでこのところ仕事も随分《ずいぶん》減っているのは坂下も知っていた。以前にもまして労働状況は悪化している。

それは、街に流れ込んでくる人間のタイプからもわかった。

ワーキングプアなんて言葉がよく聞かれるようになって、どのくらいが経《た》つだろうか。最近は若いホームレスもめずらしくなくなった。

その中には、契約社員として働いていたが不況で契約を打ち切られ、会社の寮にも住めなくなって流れ着く者も多い。働けど働けど生活は楽にならず、貯金もできず、そんな矢先に職を失ってネットカフェを転々とするようになるのだ。

さらに彼らは、このところ身分証明などに厳しくなってきたネットカフェにすらいられなくなり、路上生活を強いられるようになる。

この街にも、そんな若い世代が流れ込んでくるようになった。

将来に希望を持てない若者。仕事を選ばなければまだ働けるだろうと思うが、未来に希望を持てない者たちは、何も欲しがらず、人間らしい最低限の生活をすることすら求めない。

診療所でエロ本を見ながら、あんまんやジェルを揉んでいる連中の方がまだ夢があると言えた。

「な〜んか面白ぇことねーかなぁ」

そう言ったのは、今日で一週間仕事にあぶれているという男だった。軽く五十を超えているが精力的に働く方で、泊まりがけの長期労働に出ることも多い。

「あ、そうだ。先生のことを聞いてきた男がいたってのはどうなった?」

「俺のこと?」

「あー、あれか。先生のことっつーか、この診療所のことを聞いてきた奴がいたなぁ。場所教えてやったが、来たか? 若くてイイ男やったぞ」

「あ〜、あの若い奴か。最近、ボロ着てこの辺りをうろついてるんだが、色男だから目立ってやがるもんな」

「なぁ、斑目。お前より男前かもしれんぞ～」

揶揄《やゆ》混じりの言葉に、斑目は『ん？』と右の眉《まゆ》を上げ、興味なさそうな顔をして再び坂下の写真を貼った女の子のスカートをめくった。

「……いい加減にしてください」

小さく言ってから、雑誌を没収する。

坂下がこの街に来たばかりの頃は、斑目のことを『千人切りの幸《こう》ちゃん』と呼ぶ者も多かった。特に水商売をしている女たちは、斑目の野性的な男の魅力の虜《とりこ》になったという。

しかし、坂下が街に来てからは診療所に入り浸っているため、このところ浮いた話はない。

「斑目より男前って、どんな奴だ？」

「歳は先生と同じくらいかなぁ。顎鬚《あごひげ》生やして目つきが鋭くてよぉ、なんかこう……世の中を恨んでるみてぇな顔してやがったな。薄汚れてたが、日焼けもしとって、ありゃかなり女を泣かしとるぞ」

「背も高かったよなぁ。百八十はあったごたーぞ。髪もボサボサでワイルドな感じじゃったしなぁ」

「そうそう。しかめっ面でな、斜に構えた感じが女心にずきゅーん来るタイプやぞ」

「斑目のライバル出現か～」

人目を憚《はばか》らず坂下にセクハラをする斑目に、揶揄が飛ぶ。

「阿呆《あほう》。そんなガキに俺が劣るわけねぇだろうが」

「いや、でもかなりの男前やったぞ」

「斑目ぇ。余裕かましとるごたーけんど、焦っとんじゃなかとか〜？　若い方がチンポコも元気にしとーけんなぁ」

ぎゃはははは……、と笑い声があがる。

その時だった。玄関のドアが開き、一人の若い男が入ってくる。

男は薄汚れた衣服を身につけていて、間違いなくホームレスだろうといういでたちだ。襟足は短めに刈り込んでいるが前髪は目にかかるくらい伸びており、手入れはあまりしていない印象だった。また、顎鬚を生やしており、目つきは鋭い。日焼けした肌はサロンで焼いてきたのとは明らかに違っていて、肉体労働者特有のものを感じた。それは精悍《せいかん》な顔立ちからもわかる。身長は百八十くらいだろうか。しかめっ面で、まるで世の中の人間すべてが自分の敵であるという顔をしている。

（え……、あれ）

男に抱いた印象が、今まさに聞いたばかりの男の特徴と一致するため、坂下は思わず男の顔をしげしげと見ていた。

「ここ、坂下診療所か？」

男は待合室を見渡し、不機嫌そうな顔で短く言う。

「あっ、はいっ、そうです」

我に返った坂下は、慌てて返事をした。すると男は、靴を脱ぎ捨てて中に入ってくる。待合室にいる連中の注目が集まっているが、少しも臆《おく》するようなところは見られない。

「あんたに診てもらおうと思って」

「じゃあ、中へどうぞ」

言いながら慌てて診察室の中へ男を誘導する。

斑目はというと、若い男のことをじっと見ていた。


坂下は、この街の診療所で働く医者だ。

日雇い労働者が集まる場所で、ボランティアまがいの診療を続けている。

初めこそ警戒心の強い街の連中から敬遠されていたが、今は病気やケガでなくとも診療所に集まってくるほど、信頼を得ている。

貧乏で貯金通帳と睨《にら》めっこをするのが欠かせない生活だが、心は充実していた。他人のためになんて大それたことは考えていないが、やり甲斐《がい》のある仕事だと思っている。そんな坂下にとって、街の新顔が自分から診療所へ足を運んでくれるのは嬉しいことだった。

「どうぞ座ってください。今日はどうされました？」

「多分風邪《かぜ》」

診察室に入った坂下は男を座らせ、向かい合って自分も腰を下ろした。症状を聞き、喉《のど》を直接覗いてから、胸に聴診器を当てる。

「ゆっくり吸ってください。はい、止めて。はい、ゆっくり吐いて」

背中側からも肺の音を聞き、もう一度向き合うと今度はリンパの腫《は》れがないか触診した。

「喉がちょっと腫れてますね。痛いです？」

「少し」

口数の少ない男は、小田切淳一《おだぎりじゅんいち》と名乗った。

話しかけるのも憚られるほど、人を寄せつけまいとする空気を振りまいている。自分から診察を受けに来たのが、不思議なくらいだ。

しかも、酷《ひど》いケガや病気で仕方なくというわけでもない。

待合室のドアの向こうからは、斑目たちが中を覗き込んでいた。好奇心の塊と化した連中は、希《まれ》に見るイイ男が何か面白いことをやってくれるのではないかと期待しているのだ。

仕事にあぶれて体力を持て余した男たちにとって、斑目と張り合うほどのワイルドな魅力を持つ新顔が、好奇心を刺激するものであるのは間違いない。

「お腹《なか》の具合はどうです？　下痢《げり》とかしてません？」

「いや」

「喉の調子が悪いのはいつ頃からです？」

「二、三日前」

質問をしていくが、小田切は短く答えるだけで余計なことは何一つ言わない。

もしかしたら、人恋しくなってここに来たのではないかと思った。

街の連中の話によると、小田切がここに流れ込んできたのは最近のことだ。慣れない場所で一人でいると、気も滅入るだろう。警戒心は強いくせに、意外に寂しがり屋が多いのもこの街に来る男たちの特徴だ。

「熱もないようですし、そう心配することはないでしょう。喉の炎症を抑える薬を出しておきますので、飲んでください」

「金ないんだけど」

「じゃあ、特診扱いにしますね。特別診療っていうんですけど、まぁ、ある時払いだと思ってもらえればいいので」

「ふーん」

「今、どの宿に泊まってるんです？」

「宿には泊まってない」

　ということは路上生活者だ。それを強いられるほど金に困っているのであれば、この程度で診察には来ないだろう。やはり、人恋しくなったのだと考えるのが妥当だ。

「いつもどの辺りにいるんです？」

「別に……」

「決まってないです？」

「まぁな」

「安い宿でもいいから、できれば雨風を凌《しの》げるところで寝泊まりして欲しいんですけど。その方が回復も早いと思いますし。宿に泊まるお金ありますか？」

　待合室から注がれる多数の視線に気づいているようで、男は一度振り返ってそちらを見てから唇を歪《ゆが》めた。

「なんか俺、見世モンみたいだな」

「ああ、すみません。みんな好奇心が強くて」

　ははは……、と笑うが、小田切の表情にあまり変化はない。何を考えているのかよくわからず、どう接すればいいのか迷ってしまう。

「ま。別にいいけど。で、なんだっけ？」

「宿に泊まれるんだったら……」

「あー、いいよ。泊まんなくても。薬飲んだらそのうち治るだろ」

無理強いもいけないと思い、これ以上あれこれ指示するのはやめにした。

診察室を覗くオヤジたちに混じって二人の様子を窺《うかが》っている双葉が目に入り、若い男が街に馴染《なじ》みやすいようわざと双葉に声をかける。

「あ、双葉さん。特診の書類の書き方を教えてあげてもらえますか？」

「いいよ〜」

社交的な双葉なら、この無口な青年の警戒心を上手く解いてくれるかもしれないと思ったのだ。その期待通り、双葉は持ち前の人懐っこい笑顔で小田切を待合室の受付窓口に誘う。

「あ。俺、双葉洋一《よういち》」

書類を覗き込んでいた小田切は、視線だけ上げて双葉を睨むように見上げた。

「ここに名前書いて、こっちが泊まってる宿を書くんだけど、まだ決まってないなら、どの辺りによくいるのか書けばいいから」

双葉の話は聞いているようだが、返事もろくにしない。そんな態度に、街の連中の目が少しずつ険しくなる。気の短い連中がいつまでも黙っているとは思えなかった。

しかし、双葉は気にしない。

「俺、安い宿知ってるけど？　案内しようか？　相部屋でいいなら一泊八百円からあるよ」

「そんな高い金払えるかよ」

「そっか。診察代もないんだから無理だよな。仕事の探し方わかる？　いい仕事斡旋《あっせん》して欲しいなら、朝早く行った方がいいよ。取り合いだからさ。資格とか持ってるんだったら、モノによっちゃ優先的に雇ってもらえるから、使った方が……」

「余計なお世話だよ。双葉さん」

それだけ言い、小田切はざっと書類にボールペンを走らせた。待合室に充満する険悪な空気など気にしないどころか、むしろ愉《たの》しんでいる様子で診療所を出ていこうとする。

「あの……っ、小田切さん」

呼び止めると、意外にも小田切は立ち止まった。ゆっくりと振り返り、ポケットに手を突っ込んだまま坂下を見る。

冷めた視線同様、その心も冷め切っているような気がした。ここには自分の味方はいないと思っていそうだ。いや、それ以前に味方が欲しいとすら思っていないように見える。

何度も見てきた他人を拒絶する目に、坂下は思わず力を籠《こ》めて訴えていた。

「また来てください。こじらせると治すの大変ですから。まだ症状が軽いうちに躰《からだ》をしっかり休めた方がいいです」

「先生。そんな奴に優しくするこたぁねーぞー。好きにさせとけ」

待合室でたむろしていた丸井《まるい》という男が、声高に言った。気が短い連中が多い中、飛び抜けて短気な性格をしており、丸井なんて名だが性格は尖りまくっている。

しかし、小田切は挑発には乗らず、軽く鼻で嗤《わら》うだけだ。そんな余裕の態度が、さらに反感を買ったのは言うまでもない。頼むから、気の短いオヤジどもをそんなに挑発しないでくれと心の中で訴え、もう一度小田切を誘う。

「いつでも開けますから。都合のいい時に……」

「気が向いたら、また来てやるよ」

それだけ言って小田切は診療所を出ていった。ドアが閉まると、途端に待合室は騒ぎとなる。

「なんじゃぁあの小僧は！」

「生意気なやっちゃのう」

「おい、双葉。お前よー我慢したたな。先生の頼みだからっつって、あんな奴に優しくすることたぁねーぞ」

「先生も酷ぇなぁ。双葉にあんな奴を押しつけるなんてよぉ」

気性の荒い連中が多く、小田切はすっかり悪人だ。あんな態度を取れば当然だろうが、ここに集まる連中も似たり寄ったりだ。今でこそ仲良くやっているが、気を許すまでは他人を拒絶し、警戒心を露《あら》わにし、自分に近づかせまいとしていた。

初めのうちは、多少の理解を示してやる必要もある。

「すみません。俺が双葉さんに頼んだから、嫌な思いさせてしまって」

「え。俺、別に気にしてないっすよ？」

ニッと笑ってみせる双葉を見て、坂下の口許《くちもと》もほころんだ。

こういうところが双葉の長所だ。若いのに、精神的な余裕を感じる。

しかし、いつまでもブーイングが飛び交う待合室の中で、斑目が黙って小田切が出ていった方をじっと見ているのに気づいた。何か思うところがありそうな表情に見え、声をかける。

「斑目さん、どうかしたんですか？」

「ん？　……ああ。厄介なのが流れ込んできたと思ってな」

「明日、来ますかね」

「さぁな。縁があればまた会うだろ。なんだ、先生。あの青臭ぇのに来て欲しいのか？　ここに色男がいるってのによ」

愉しげに言う斑目を見て、セクハラをされないうちに診察室に戻ろうと踵《きびす》を返した。目を見れば、何かしてやろうと思っているのがわかる。

悪さをする前の斑目の視線は、どこか危険な匂《にお》いを放っているから困りものだ。

「お～い、先生。どうせ暇なんだろう？　こっちで俺と愉しいことしねぇか？」

「俺もいろいろと忙しいんですよ。患者さんが来たら声かけてください。あ、それから変な遊びしないでくださいね！」

ビシッと言ってから、診察室の中に入っていく。

この時坂下は、小田切が台風の目になろうとは予想だにしていなかった。そして、小田切が街に現れたことにより、大きな変化が起きることになるとも……。

それは足音を忍ばせながら、少しずつ坂下たちのもとに近づいているのだった。

トラブルメーカーになりそうな青年が診療所に来てから、二週間が経っていた。

予想に反して、小田切は三日後に診療所に金を払いに来て、それ以来ときどき顔を出すようになった。かといって街の連中に馴染むでもなく、待合室のストーブで温まったり部屋の隅で何をするでもなく座ったりして、みんなの様子を眺めている。特に自分から話しかけようともしない。

不定期に現れる小田切は、ただそこにいるだけだ。

暇をつぶしに来るのは他《ほか》の連中もそうだが、小田切は一人浮いている。

けれどももともと互いのことに深く立ち入らないのが暗黙の了解になっているため、誰《だれ》もあまり気にしていない。そうしているうちに、小田切が待合室にいる光景に違和感はなくなっていった。

おかしな話だが、浮いていることが馴染んできたと言ってもいいだろう。

他人に必要以上に踏み込まないという街の人間の性質が、そんな状態を作っていた。

「そろそろご飯投入していいっすか～?」

その日、坂下は斑目と双葉の三人でちゃぶ台を囲んでいた。その中央にはカセットコンロと土鍋が置いてあり、出汁《だし》がたっぷり出たスープが待ち構えている。

双葉が膝《ひざ》立ちになり、解凍しておいた冷や飯を入れてほぐし、火を強めた。ぐつぐつと踊る米粒を見ていると、満たされたはずの腹がまた騒ぎ始める。

実はパチンコで勝った斑目の奢《おご》りで、坂下の部屋で鍋パーティーを開催していたのだ。ぶつ切り鶏肉で出汁を取り、野菜やキノコ類をたっぷりと入れてポン酢で食べる水炊きだ。ネギや柚子胡椒《ゆずこしょう》などの薬味まで揃《そろ》っている。しかも、鶏肉は滅多に食べられないブランド鶏で、適度な歯応《ごた》えと風味がたまらなかった。

「じゃあ、卵入れますね～」

おお～っ、と思わず期待に満ちた目で土鍋の中を覗いてしまう。

ひと煮立ちさせると卵がふんわりとなり、小口切りにしたネギを全体にまぶせばでき上がりだ。それをおたまで掬《すく》ってつぎ分け、火傷《やけど》をしないよう息を吹きかけながら口に運ぶ。

「ああ～、美味《おい》しい」

感動で涙が出そうだった。やはりさすがにブランド鶏だけあり、鶏の出汁がたっぷり出たコクのあるスープは、冷凍庫の中で半月ほど眠っていた冷や飯を絶品のおじやに変貌《へんぼう》させた。米粒が旨《うま》みを吸い、卵と手を取って極上の料理となっている。

「もう、幸せです」

曇ったメガネを拭《ふ》くことも忘れ、その味を堪能した。

「俺がパチンコで勝ったおかげだぞ、先生」

「斑目さん、また稼いできてくださいね」

「任せろ」

「俺も今度こそ勝つぞー」

腹がいっぱいになると、三人はそのまま畳に寝そべってしばらく幸せを噛《か》み締めた。子供の頃は、食べてすぐに横になると牛になると怒られたものだが、最近では横になった方が消化にいいと言う医者もいる。

坂下もその意見には賛成で、十五分ほどぐうたらにしてから片づけを始める。

「ねーねー、そういえば小田切って人、なんで診療所に来るんっすかね」

双葉もすぐに起き出してきて、手伝いを始めた。最後までダラダラしているのは、材料費を出した斑目だけだ。

「さぁな。本当は寂しいんじゃねぇか?」

「俺、思うんですけど、先生狙《ねら》いですよ、きっと」

「何が俺狙いですか。男なのに、どうして当たり前のようにそういう発想が出るんです？」

坂下は双葉の言葉を一蹴《いっしゅう》し、洗い物を全部片づけて鍋の礼にコーヒーをごちそうする。湯呑《ゆの》みで飲むインスタントだが、コーヒーが飲めるだけでも十分に幸せだ。

「でもですよ？　ここに来る理由が他にあります？　あの人、すごくイイ男だし、斑目さんもうかうかしてると、先生を横からつまみ喰《ぐ》いされますよ〜」

双葉が肘でつついてからかうが、斑目は余裕の態度を崩さない。

「先生は俺にぞっこんだから浮気なんてしねぇよ。なぁ、先生」

「誰がぞっこんですか」

「そんなふうに悠長に構えてていいんですか〜？　若い男には若い男のよさってもんがあるんですよ。若さゆえに突っ走って先生を無理やりなんて……いや〜〜〜っ、先生、逃げてっ、逃げてぇぇぇ〜〜〜っっっ」

腹が満たされて気分がよくなっているからか、双葉が両手で頬を押さえながら裏声を使う。

「双葉さん、楽しそうですね」

「だってあの新顔と斑目さんが先生を奪い合いしてるところって容易に想像できますよ。先生もまんざらでもないいんじゃないいんっすか？」

「どこがです」

「そうなのか、先生」

斑目が即座に坂下を問いつめる。

「真に受けないでください」

「俺は十分あり得ると思うんっすけどね〜。気をつけないと、無理やり迫られて流されちゃったりってことになりかねませんよ」

双葉の言葉に妄想を刺激されたのか、斑目は考え込み始めた。親指の腹で無精髭の生えた顎をさすっている。

「あ、斑目さんもやっと危機感覚えました？」

「いや、若い男に迫られて困ってる先生を想像したら、股間《こかん》が熱くなってきやがった」

「何考えてるんです」

「俺ぁ、団地妻系のＡＶ好きだからなぁ。いけませんいけませんってのが燃えるんだよ。もちろん、直前で俺が阻止するがな。夜は二度と浮気心なんて出せねぇようたっぷりおしおきして……、――ぶ……っ！」

坂下は、手近にあった布巾を顔めがけて投げつけてやった。

「何がおしおきですか」

「なんだ先生、先生も燃えてきたか？」

「そんなわけないでしょう」

「想像したら窮屈になってきやがった。見るか？」

言いながらベルトを外してそれを見せようとする斑目に、そろそろ本気で怒るぞとばかりに腹に力を入れて凄《すご》んでみせる。

「——出さなくていいです」

「なんだ、俺のトマホークを見せてやるっつってんのに、遠慮するな」

「遠慮なんかしてません！」

「きゃあ〜、斑目さん素敵っ。見せて見せて〜、斑目さんのトマホーク」

「双葉さんもいい加減にしてください！」

声を荒らげると、二人は「ひゃっほ〜」とばかりに坂下をはやし立てながら逃げていった。

「じゃあな、先生。また鍋の材料差し入れてやる」

「コーヒーごちそーさまでした〜」

二人は逃げるが勝ちとばかりに階段を駆け下り、あっという間に診療所を出ていった。二階の窓から外を見ると、楽しそうに宿の方に向かう二人の姿がある。肩をすぼめて歩く背中を見ながら、坂下も頬を撫《な》でる夜気に目を細めた。

二人は一度坂下の見ている二階の窓を振り返って手を振り、じゃれ合いながら再び前を向いてから軽快な足取りで姿を消す。

「……もう」

歳は離れているが、仲のいい悪ガキのような斑目と双葉に軽く溜め息を漏らす。

しかし、すぐに笑みが零《こぼ》れた。こんな日常を心底いとおしいと思う。手放したくない宝だ。

しばらく人気のない道路を眺めていたが、坂下は静かになった部屋で一人大きな伸びをし、出かける準備を始めた。

「さて、ご飯も食べたし、見回りでも行ってくるかなー」

食後の散歩がてらホームレスたちの様子を見に行くことにする。このところ急に冷え込んできたため、特に年配のホームレスにとっては厳しい季節となってきた。

鍋を作る時に握っておいたおにぎりを白衣のポケットにいくつか忍ばせ、診療所を出る。

坂下がまず向かったのは、よく立ち寄る公園だった。

「こんばんは〜。元気にしてます〜?」

ダンボールハウスを覗き込むと、顔馴染みのホームレスがのそのそと起きて顔を見せる。歳は七十くらいだろうか。白髪混じりの髭と伸び切った髪。ボロを纏《まと》っているため、若い女性などが見たら怖いと思うだろう。

しかし、話してみると優しい男だというのがわかる。

男は声をかけてきたのがお節介な医者だとわかると、ニーッと笑いながら中から出てきて坂下の隣に並んで座った。

「おう、先生か〜。相変わらず暇やのう」

「ええ。暇だから遊びに来ました。元気にしてました?」

「元気だよ～。自由気ままに生きとるぞい。今日は月がきれいやなぁ」

髭を撫でながら空を見上げる横顔を見て目を細め、白衣のポケットに手を入れる。

「あ、そうだ。おにぎり食べます？」

「お～お～。先生、今日は気前いいなぁ」

「夕飯代浮いたから、そのぶんと思っていくつか握ってきたんですよ。おかかとシャケ、どっちがいいです？」

「シャケ貰《もら》おうか～」

喜んでおにぎりを受け取ってくれるのが、嬉しかった。本当は炊き出しくらいしたいのだが、さすがにそこまでの余裕はなく、こうしてときどきおにぎりなどの土産《みやげ》を持ってくることしかできない。

それでもできる範囲で長く続けることが大事だと自分に言い聞かせ、地道に続けている。

美味しそうにシャケおにぎりをほおばっている男の横顔を見ながら、ふと小田切のことを思い出した。

「ところで、最近は新顔っていいます？」

「新顔？」

「若い男の人なんですけど。背が高くて男前のホームレス」

男は口をモグモグさせながら空を見上げ、『う～ん』と考え込んだ。髭の生えたほっぺたに、飯粒をくっつけているのがおかしい。まるで子供だ。

「最近若いのは増えてきたがなぁ、背が高いのはこの辺りでは見らんぞ」

「そうですか」

「誰か捜してんのか？」

「いえ、そういうわけじゃないんですけど……。最近、診療所に来てる人がいるんですけど、宿には泊まってないって言ってたから、この辺にいるのかなって」

「あ～、見らんなぁ。他に誰か知っとるかもしれんが。聞いてみたらええ」

「そうですね。じゃあ、俺行きます。風邪ひかないように暖かくして寝てくださいね」

「先生もな～」

立ち上がって男に軽く手を挙げると、他にも数人におにぎりを配りながら体調を崩している者がいないか見て回った。ついでに小田切のことを聞いてみたが、やはり、この辺りで寝泊まりしている様子はない。夏ならまだしも、この季節に防寒もしないで外で寝るなど、たとえ若くても厳しいだろう。

もし、路上で寝起きしているのなら、必ず誰かが見ているはずだ。テリトリーのようなものもあるため、小田切が誰の目にも留まらずにいるのはおかしい。

（どこで寝泊まりしてるんだろうな）

さらに数人のホームレスに声をかけたが、やはり若い新顔を見た者はいなかった。しかし、しばらく歩いていると、偶然にも小田切の姿を見つける。

「あ……」

小田切は、五十代くらいの男と話をしていた。あの愛想の悪い青年が誰かと話している姿なんてめずらしく、坂下はゆっくりとそちらへ歩いていく。

「小田切さん」

声をかけると、小田切は振り返りって坂下を見るなり『厄介なのが来た』という顔をしてみせた。

「なんだ。あんたか」

「坂下です。名前、覚えてくださいね」

「なんで？」

「なんでって……この街の人間ですから。覚えてくれてもいいでしょう」

隣に腰を下ろそうとしたが、小田切はそうさせまいとするように立ち上がり、今まで話していた男に「じゃあ」と軽く手を挙げて坂下に背中を向ける。

坂下は男に軽く頭を下げ、小田切を追った。

「小田切さんって、仕事してないんです？」

「なんでそんなこと聞くんだよ」

「なんでって……知りたいからかな。まだ若いし、いくらでもやり直しが利くのに何かしてるようにも見えないから、勿体ないなって思って」

「へぇ、そうやって声かけて回ってるんだ」

　無理やり隣を歩く坂下に呆れているようだ。自分でも強引だとわかっているが、事情を抱えていそうな小田切を放っておけなかった。他人を踏み込ませない空気を振りまいているくせに、診療所に姿を見せる理由が知りたいのだ。

　ただ人恋しいだけなのか。それともどうしていいかわからず、人のいる場所を求めてなんとなく来ているのか。もしくは、何か目的でもあるのか――。

　これまでも数えきれないほどの人間が街に流れ込んでは出ていったが、小田切に関しては何か特別なものを感じずにはいられない。

「さっき話してた人は、知り合いですか？」

「なんで？」

「誰かと親しくしてる小田切さんって、見たことないから」

「別に親しくはしてねぇよ。ただ話してただけだ」

「でも、診療所じゃ世間話もしないでしょう？　俺がこうして話をしようとしても、邪魔そうにしてるし」

　坂下の言葉に、小田切は鼻で嗤う。

「あんたは説教するからな」

「まぁ、確かにしますけど。でもまだ若いんだし、ちゃんと働いてお金を貯《た》めて、安定した生活を手に入れた方がいいですよ」

「この街でタダ同然に診療してるあんたに言われたかねぇな。あんたの生活が安定してるとは思えねぇけど？　特診なんて自殺行為だよ」

「最低限の安定くらいありますよ」

その日暮らしの小田切にそんな助言をされるなんて思っておらず、苦笑いせずにはいられなかった。自分では危機感を常に持ち、それなりに対処しているつもりだが、小田切から見ると自分とそう変わらないと思うのかもしれない。

「ま。俺には関係ねぇけど、お節介な先生だってみんな口を揃えてるよ。あんた、自分が特別な医者だとでも思ってんの？　後世に名を残そうとか」

「別にそういうわけでは……」

「ちやほやされて気持ちいいだろうな。街の中心にいるあいつらも、あんたのところに入り浸ってる」

「え？」

「斑目と双葉って奴だよ。あんたと仲よさそうだもんな。聞いたよ。あの二人、ここでは一目置かれてるんだってな。最下層の人間を集めて楽園作って、その中で王様気取りか。楽しそうでいいよなぁ」

小田切は、前を睨みながら唇を歪めてみせた。

定期的に診療所に姿を見せるのに、なぜそこまで敵意を剝《む》き出しにするのか坂下にはわからない。しかも、それは坂下に向けられているようにも思えなかった。こうしてついてくるのを許しているのは、鋭い視線の先にあるのが別の何かだということだ。

では、いったい何に対して敵意を向けているのか。

「最下層なんて言い方はやめてください。誰であっても、街のみんなを蔑《さげす》むようなことを言うのは許せません」

それだけは聞き流すことができないと思い、きつい口調にならないよう気をつけながら小田切に忠告する。

「ま、なんでもいいけどな。もうついてくんなよ、先生」

小田切はそれだけ言うと、足早に立ち去った。これ以上しつこくしても壁を作られるだけだと追うのをやめ、小田切の姿が建物の陰に隠れるまで黙ってその背中を見送る。

一人になった坂下は診療所に戻ろうと踵を返し、頭をボリボリと掻《か》いた。

「俺も嫌われたもんだな」

ポツリと独り言を漏らし、お節介だったかと反省するのだった。

坂下の診療所に、久し振りの急患が運ばれてきた。

既に診察時間は大幅に過ぎており、坂下は夕飯を食べようと冷蔵庫の中を漁《あさ》っているところだった。大声で呼ばれ、すぐさま冷蔵庫の扉を閉じて階段を駆け下りていく。すると、気が短いことで有名な男が、両脇《りょうわき》を抱えられながら診療所の中に運び込まれるところだった。

「先生ぇ〜。ちょっとこいつ見てやってくれ」

「どうしたんですか、そのケガ」

男の顔の下半分は鼻血で真っ赤に染まり、唇の端がざっくりと切れているのがわかる。しかも目の周りは青黒く鬱血《うっけつ》しており、瞼《まぶた》も切れているようだった。

まるで試合に負けたボクサーのようだ。

明らかに喧嘩をしてきたのがわかり、いい歳して殴り合いかと呆れながら治療を始める。

「あ〜、酷いですね。どうしたんです？　誰にやられたんです？」

「誰って……階段から転げ落ちたんだよ」

「嘘《うそ》はやめてください。階段から転げ落ちたケガじゃないでしょう」

男はだんまりを決め込んだ。言いたくないのなら仕方がないと、それ以上は追及しなことにする。

幸い鼻骨は折れておらず、出血のわりに軽症だとわかった。酒でも飲んでいて血の巡りがよくなっていたのだろう。うっすらとアルコールの匂いもする。

男がしきりに鼻を啜《すす》っているのに気づいて、大きめのステンレスプレートに手を伸ばした。

「はいはい、口にたまった鼻血は飲まない。これに吐き出して」

厳しい口調で言ってそれを渡すと、男は何度も唾《つば》と一緒に血を吐き出した。今は随分治まっているが、ここに来るまでの間にかなりの出血があっただろう。よくぞ鼻骨が折れなかったものだと思う。

一通りケガの状態を診たが、一番酷いのは瞼のケガで二針縫った。酒のせいで麻酔の効きが悪かったらしく、やたらと痛がったが、これも喧嘩なんかした罰だと手加減はしなかった。

痛々しい傷を清潔なガーゼで覆い、テープで止めると治療は完了となる。

「これでもう安心です。お酒もいいですけど、ほどほどにしてくださいよ。で、被害届けはどうします？　必要なら診断書を書きますけど」

「警察の世話になんかなるか。ったく、あんな若造……」

ブツブツ文句を言う男の台詞《せりふ》を聞いて、小田切の顔が脳裏をよぎった。そして、男を連れてきた二人の手に血がついているのを見つける。

「それ、どうしたんです？」

指摘すると、二人はまずいものを見られたとばかりに両手を後ろに隠した。わかりやすい反応だ。見過ごすわけにはいかないと椅子から立ち上がり、男たちに詰め寄る。

「手の甲を見せてください」

「な、なんだよ。なんでもねぇよ」

「見せてください！」

「いいってよ。なんでもねぇんだから」

「なんでもないなら見せてくれてもいいでしょう！　いいから、早く！」

後退《あとずさ》りする男の手を摑み、強引に引き寄せる。見ると、切れて血が滲《にじ》んでいた。人を殴った時に相手の歯で切った傷だろう。無言で視線だけを上げ、睨んでやる。

「な、なんだよ？」

「もしかして、誰かを殴りました？」

言いながら逆の手も摑んで見てみると、こちらも少し腫れていた。もう一人の男は、坂下の視線が自分に向くなりゴクリと喉を鳴らす。しばらく硬直していたが、観念したのか、気まずそうにゆっくりと両手を出してみせた。

こちらも人を殴った形跡が確認できる。

「誰を殴ったんです？」

「え……」

「若造って誰です？」

「な、なんのことだよ？」

「さっき『あんな若造』って言いましたよね？　白状しないと、許しませんよ！」

「ぐ……っ、く、苦しい……っ！　先生っ」

胸倉を摑んで問いつめる坂下に、あっさりと白状した。

「あ、あいつだよ。小田切って若造だよ」

正直さに免じてすぐに解放してやると、男は激しく咳《せ》き込んで顔を真っ赤にする。

（やっぱり……）

坂下はわざと大袈裟に溜め息をついてみせ、三人に視線を巡らせた。批判的な視線にぐうの音も出ないようだ。気まずそうな顔をしたかと思うと、今度は言い訳を始める。

「だって、生意気な奴でよぉ」

「へー、だから殴ったんですか」

「そ、そんな言い方すんなよ」

「じゃあどんな言い方をすればいいんですか。三対一ですよね。三人でよってたかって一人を殴ったんですよね。被害者はあっちなんですよね！」

「こっちだってやられてんだ、先生。喧嘩両成敗だろう」

「両成敗なのは対等な喧嘩の場合だけです。どうしてたった一人を相手に喧嘩なんかしたんです？」

胸のところで腕を組んで『言わないと承知しないぞ』とばかりに冷たい視線で見下ろしてやる。三人はお互い顔を合わせてから、坂下に事情を話し始めた。

男たちによると、角打ちで飲んでいるところへ小田切がやってきて一人店の隅で飲み始めたという。店の中には他にも何人かいて、その中には双葉もいた。しばらくみんなで楽しくやっていたが、無言で視線を送りつけてくる小田切に段々場の空気が悪くなっていったのは言うまでもない。

気の短い連中が多いのだ。そうなるのも当然だろう。

あっという間に一触即発の状態になったのが、目に浮かぶ。

坂下が思った通りすぐに摑み合いになったが、双葉が仲裁に入り、結局拳《こぶし》を収める格好になった。そこで終わればよかったが、男たちの代わりに双葉が小田切に謝ったのが状況を悪化させたようだ。

「双葉の奴は、俺らみてぇに気ぃ短くねぇからよぉ。店の中で殴り合いになっちゃまずいと思ったんだろう？　自分が謝って丸く収めたんだよ。焼酎《しょうちゅう》被《かぶ》ってシャツがびしょ濡《ぬ》れになってんのに、怒りもしねぇでよ」

「それを小田切の野郎は鼻で嗤いやがったんだ」

「先生。それだけじゃねぇんだ。双葉のことを『偽善者』って言いやがったんだよなぁ！」

小田切の態度がどんなに悪かったのか訴える三人の声には、次第に力が入っていった。その言い分を聞いていると、確かに小田切にも非はある。

双葉がいなければ、店の中はぐちゃぐちゃになっていたかもしれない。けれども、三人で一人を殴っていいことにはならない。

「あんまり悔しかったからよぉ、俺らは先に店を出て、あいつが出てくるのを外で待ってたんだ。な？」

「ああ。それで話つけようと思って……話だけのつもりだったんだよ」

「それで、後をつけて人気のないところまで来たのを見計らって襲ったわけですね」

「そ、そんな言い方……っ」

「でもそうなんでしょう？」

「だってよぉ」

「だってだってと言い訳しない！」

声を張り上げると、三人は肩を竦《すく》めた。もう二度とこんなことをしないよう、乱暴者の生徒でも叱るようにガミガミと説教を聞かせてやる。

いつもこの診療所でたむろしている男どもは頭が上がらないらしく、おとなしく小言を聞いていた。相手が歳下だろうが、一度心を開いた相手の話に耳を傾けるのは素直な証拠だ。

乱暴なところもあるが、そういう部分は評価している。

坂下は三人にこってり説教をすると、もう喧嘩などしないと約束させてから小田切とやり合った場所を聞き、捜しに出かけた。そこは診療所から歩いて十分くらいのところで、角打ちなどのある一帯からは五分も離れていない場所だった。

辺りを見回すが、小田切の姿はない。

（やっぱりいないか……）

治療と説教で少なくとも三十分は費やしたのだ。喧嘩をしてから、ゆうに四十分は過ぎているだろう。

動けなくなるほどのケガでないのなら、いつまでもここにはいないはずだ。しかし逆を言えば、自分で立って歩ける程度のケガということになる。あの三人が加減を知らないような殴り方をするとも思っておらず、大丈夫だろうと自分に言い聞かせ、小田切を捜すのは諦《あきら》めて診療所に戻ろうと歩き出した。

その時、途中の公園で若い男の姿を見つけた。小田切だ。

見ると、水道で顔を洗ったらしく髪の毛が少し濡れているようだった。ベンチに座って地面をじっと睨むその横顔から不機嫌なのが手に取るようにわかり、どうしようか少し迷ってから声をかける。

「小田切さん」

小田切は坂下の姿を見るなり、舌打ちしてからすぐに立ち去ろうとした。しかし、そうはいくかと急いで駆け寄り、腕を摑んで強引に振り向かせる。

顔は傷だらけだった。もう血は拭《ぬぐ》っているが、痛々しい様子になっている。

「またあんたかよ」

小田切はうんざりした顔をしてみせた。

お節介な医者だと言いたいのだろう。邪険にされるのには慣れている。はじめのうちは誰でも煩《わずら》わしそうな顔をするのだ。しかし、そのうち心を開いてくれるようになることも多い。

「ケガ、痛そうですね。喧嘩したんでしょう？」

「余計なお世話だ」

「三人にやられたんですよね？」

「だから何？」

「診療所に来てください。手当てしましょう」

引っ張るが、小田切は応じなかった。坂下を無視して再び歩き出す。

「待ってください」

「なんだよ」

「なんだよじゃないですよ。手当てするって言ってるのに」

「余計なお世話だって言っただろ」

「ときどき診療所に顔出すくせに、どうして必要な時には来ないんですか。治療するまで離しませんからね！」

抱きつくように腕に摑まると、迷惑そうな顔をしながらも立ち止まった。坂下のしつこさに辟易《へきえき》しながらも、これ以上ここで揉めるのもごめんといったところだろうか。

坂下が無理やり引っ張ると、不満そうな顔をしながらも小田切は黙ってついてきた。


診療所に着いた坂下は、スリッパを小田切の前に置いて先に中に入った。

「さ、どうぞ。入ってください」

電気をつけ、診察室に促して椅子に座るよう言うが、小田切は素直に言うことを聞かない。

すっかり遅い時間になっており、辺りはシンとしていた。昼間はあんなに騒がしい待合室も、今は静寂に包まれている。ストーブを消してから随分経っているため、診察室の空気は冷えていた。

人の声で溢れている日中の様子を知っているからか、ことさら寂しげに見えてくる。

「ほら、座ってください」

診察室のドアのところで黙って立っている小田切に目の前に来るよう強く言うと、溜め息をついてから奥まで入ってきて腰を下ろす。

「随分派手にやられましたね。まぁ、小田切さんもかなり反撃したみたいですけど。相手が三人だから一人に絞りましたね。喧嘩、慣れてるんです？」

ざっと傷の状態を診た坂下は、手早く必要な処置を施した。奥歯が折れて口の中も何カ所か切っているようで、頬が少し腫れている。青黒く変色した唇も痛々しいが、躰の方も傷だらけだ。

腕や脚にできた傷を消毒し、ガーゼを当ててテープで固定する。

「痛むでしょう？　すみません、荒っぽい人が多くて。でもみんな本当は悪い人じゃないんですよ」

「あんたも謝んのかよ。双葉って奴と一緒だな」

「え？」

「自分は悪くねぇのに他人の代わりに謝ってみせるなんて、とんだ偽善者だよ」

唇を歪めるのを見て、よほど坂下のことが気に喰わないのだろうと思った。それでも街から離れず、診療所にもときどき顔を出すのはなぜなのだろうかと考える。

「どうしてそんなに敵意剝き出しなんですか？」

「あんたには関係ない」

「この街に来たんだから、みんなと仲良くしてください」

「長居するつもりはねぇから」

言葉を切って捨てるような言い方に、この青年の心を開かせるのは難しいのだと思い知らされた。まさに取りつく島もないといったところだ。

「まぁ、すぐに仕事を見つけて出ていくのはいいことです。やっぱり地に足をつけた生活を送らないと。さ、もういいですよ。治療は終わりました」

片づけを始めようと立ち上がって背中を向けると、嘲笑《あざわら》うような声で容赦ない言葉を浴びせられる。

「あんた、本当にお節介だな。こんなところで他人のために貧乏医者やってるなんて、自分に酔ってんじゃねぇのか？　いちいち他人のことに口出すんじゃねぇよ」

振り向くと、小田切はいつの間にかすぐ側《そば》に立っていた。思わず一歩後ろに下がり、尻《しり》に机が当たる。怒ったような顔で見下ろされ、言葉に詰まった。

そんな坂下の表情を見て、小田切はあてつけるように言う。

「だけどよ、こんな男ばっかりの場所でよく続くよなぁ。なんで？　女が苦手とか？　あの双葉って奴に慕われてるけど、なんかあんの？　デキてるとか？」

白衣の中に手を入れられ、シャツの上から脇腹を撫でられた。明らかに女にするような手つきに、小田切が何を企《たくら》んでいるのかすぐにわかる。しかし、そうはいかない。

坂下は真っすぐに小田切の顔を見てやった。

「そうやって脅しても無駄です。本気でするつもりはないくせに」

「へぇ、案外度胸あるんだな。本気じゃないってどうしてわかるんだ？　あんたに興味があるから、ここに顔を出してるって思わねぇのかよ」

「つまり、俺に会いに来てるってことですか？」

「そうかもしんねぇな。あんた、真面目《まじめ》そうな顔して夜はすごそうだし」

「男に突っ込む勇気があなたにあるとは思えませんけどね」

つい、挑発的なことを言ってしまったことを後悔するが、小田切は面白いとばかりに嗤ってみせる。

「じゃあ、試してみるか？」

耳許に唇を近づけられ、腰に回した腕に力を籠められた。吐息からも体温を感じられるほど、密着している。いつシャツの中に手が忍び込んできても、おかしくはない。

けれども、どうしても小田切が本気で自分を狙っているとは坂下には思えなかった。

そっちがそうならと、表情を変えずにどこまでできるか見てやることにする。

「メガネ取った顔、見てみてぇな」

顎に手を添えられて上を向かされたが、それでも抵抗はしなかった。根競べのように、視線を合わせたままだ。この程度のことで逃げるようなら、最初からお節介なことはしない。

小田切がとことんやる気なら、キスの一つくらい覚悟の上だと持ち前の頑固さで睨み続けた。

しかし、勝負がつく前に邪魔が入る。

「おいおい、そこにいる白衣の天使ちゃんは俺んだぞ。手ぇ出すな小僧」

小田切は、ゆっくりと待合室の方を振り返った。

(斑目さん……)

いつの間に入ってきたのか、斑目がドアを開けて余裕の笑みを浮かべたまま二人をじっと見ていた。けれども、小田切も慌てるような素振りは見せず、今度は斑目相手に挑発を始める。

「なんだ。双葉って奴のお手つきかと思ってたけど、あんたの方か」

「ま、そういうわけだ。こう見えても先生は絶倫だから、夜のお相手はお前みたいなガキには務まら……、——ぶ……っ！」

「誰が絶倫ですか！」

坂下は、思わず机の上にあったファイルを投げつけていた。小田切に迫られても少しも恥ずかしくなかったのに、斑目に絶倫なんて言われただけで急に羞恥心《しゅうち》が湧いてくるのだ。

言い方の問題なのか、それとも他の人間に見せない表情を斑目が知っているからなのか。とにかく、これ以上卑猥《ひわい》な声で卑猥なことを言わせるのは阻止したかった。

「おー、痛ぇ。何しやがるんだ、先生。せっかく俺が先生を護《まも》ってやろうとしたってのに」

「護っていただかなくて結構です」

「なんだ、先生。いつから若い男が好きになったんだ？」

「くだらないこと言うと、承知しませんよ」

「怒った顔も可愛いなぁ」

「またそうやってからかう」

「怒るなって。先生が怒れば怒るほど俺の股間が……」

「ちょっとね、いい加減にしてください！」

あからさまな斑目の下ネタに、小田切がいることも忘れて斑目に喰ってかかっていた。このフェロモンが服を着て歩いているような男には、完全にペースを乱される。頭に血が上り、冷静さを欠いてしまうのだ。

我に返った時には、小田切の冷たい視線が注がれている。

「ふん。やってらんねぇ」

「あ、小田切さん……っ」

呼び止めたが、小田切は『くだらない』とばかりに嗤い、斑目の横をすり抜けて診察室を出ていった。引きとめようかとも思ったが、そうしたところで何か言うことがあるわけでもない。今日はこれ以上何もすまいと、そのまま見送った。

そして、斑目と二人きりの診察室に気まずい空気を感じる。

坂下はチラリと斑目に目をやった。目が合い、何か言いたげにしているのがわかってそろそろと視線を逸《そ》らす。

あんなところを見られてしまった。

「先生、無防備すぎるんだよ」

言いながら、斑目がゆっくりと診察室の中に入ってくる。たったそれだけで、坂下の心拍数は上がっていった。

小田切の手が白衣の中に忍び込んできた時も、耳許で小田切の体温を感じた時もこんなふうにはならなかった。何も感じなかった。

それなのに、どうして斑目の些細《ささい》な仕種《しぐさ》にこんなに心臓が高鳴るのかわからない。

「男に突っ込む勇気があるとは思えないって……奴にその気があったらどうするんだ？」

揶揄され、ふてくされたように言う。

「あ、あるわけないでしょう」

「それが無防備ってんだよ。あるわけがないなんて思い込んでると、取り返しのつかねぇことになるぞ」

笑いながら近づいてくる斑目を見ながら、自分の心臓がトクトクと鳴っているのを感じていた。躰が動かず、二人の距離が縮まるのをただ待っていることしかできない。

すぐ目の前に立たれると、なぜこうなってしまう前に逃げなかったのかと後悔するが、心のどこかで待っていたのかもしれないと思った。気持ちを落ち着けようと、診察室の中を見回して気を紛らわせるものを捜すが、そんなものはどこにもない。近づいてくる斑目の指を凝視してしまう。

「先生。自分から奴を捜しに出たんだってな」

あの三人から聞いたのだろう。

斑目はまるで浮気の現場でも目撃したかのような口ぶりで言い、指の背で坂下の下唇にそっと触れた。顔を逸らして逃れようとするが、またすぐに触れられる。

「そ、そりゃ、三人相手に喧嘩したなんて聞いたら、心配くらいしますよ。手のケガを見たら、小田切さんも相当やられてるってわかったし」

「そんなに心配だったのか？　妬《や》けるな」

「あの……ね、そういう言い方……」

「お節介がすぎると、痛い目見るぞ」

「そんな心配……、――っ！」

反論しようとして目を合わせてしまったのが、いけなかった。情熱的な視線を注がれているのに気づき、言葉を呑み込んでしまう。

視線だけでこんなにも躰を熱くさせられるものなのかと思った。一度見つめ合った格好になると、今度は逸らすことができなくなる。

「先生があの若造に迫られてるところを見て、火ぃついちまった」

「ま、またそういう言い方を……っ」

小田切がしたように、斑目は白衣の中に手を忍び込ませてきた。同じようなやり方で迫るのは、何か意図があってのことだろうか。

その真意はわからないが、少なくとも坂下が斑目と小田切との違いを強く感じさせられたのは事実だ。いや、二人の違いというより、自分の感情の違いと言った方がいいだろう。

同じことをされても、相手が違えば感じ方もまったく違うということを思い知った。

「先生があの若いのばっかり気にしてやがるからな、嫉妬《しっと》でどうにかなっちまいそうだよ」

「またそんな……嫉妬なんて……」

「しねぇと思うか？」

斑目は、ニヤリと口許を緩めた。

「俺が嫉妬なんてしねぇと思ってんなら、そりゃ間違いだ」

顎に手をかけられ、上を向かされる。何か言おうとするが、声にならなかった。

坂下は、間近で見る斑目の色香に言葉を奪われていた。

優しげでどこか卑猥な視線を送る二重の目。日本人離れした鼻梁《びりょう》。情の深さを思わせる存在感のある唇。顎から揉み上げまでのラインは男臭く、伸びた無精髭もその色気に輪をかけていた。

匂い立つ色香は濃厚で、目眩《めまい》を覚える。

「先生……」

舐《な》めるように唇に視線を注がれ、坂下の体温はどんどん上がっていった。それを愉しんでいるかのように、斑目は赤い舌先を覗かせて舌なめずりをする。ゆっくりとした仕種に、坂下は次に何をされるのかと甘い期待を抱いてしまっていた。

けれども斑目は、熱い視線を注いでくるだけで何も仕掛けてはこない。

「先生、感じてんのか？」

「な、何を……」

「俺に見られて、感じてんだろう？」

「そんなこと……」

斑目の言う通りだった。

今、坂下は言葉にならないほど発情している。視線で唇を犯され、煽《あお》られて細胞の一つ一つが発熱しているのだ。

早く奪って欲しい――。

心の奥にある本音が顔を覗かせるのと同時に、それを見透かしたかのように言葉を注がれる。

「おねだりしたら、キスしてやってもいいぞ」

そんな言い方をするなんてずるいと思うが、昂《たか》ぶっているのは隠せない。いつまでも見られるだけなのは焦《じ》れったく、坂下は斑目の胸倉を摑むと自分の方へ引き寄せ、唇を重ねたのだった。


「うん……、ん。……ぁ」

自ら進んで舌を差し出しながら、坂下は斑目とのキスに酔いしれていた。戯《たわむ》れ、煽り合うように互いの唇を甘嚙みしては舌を吸い、深く求め合う。唇の間から次々に漏れる吐息は熱病にかかったかのような熱さで、診察室の肌寒さなど忘れた。

喘《あえ》ぐように息をしてしまうのを、どうすることもできない。

「はぁ……っ、……ぁあっ、……はぁ……っ」

キスは唇から少しずつ移動し、顎や耳許を刺激される。まるで肌の上で何かが泡立っているかのように唇が触れるたびに表皮は震え、敏感になっていった。

こんなに感じやすかっただろうかと、自分でも驚くほどに……。

「んぁ……、……ぁ……」

股間を押しつけられ、下半身がジンとした熱さに包まれる。もう幾度となく咥《くわ》え込まされたものはすでに隆々としており、坂下を喰いたいと訴えている。

それがわかるだけに、そして自分もそれを望んでいるだけに、斑目の味を知っている躰も淫蕩《いんとう》な悦びを求めてやまない。

「先生……」

「あっ！」

首筋の柔らかい肌を唇でついばまれ、坂下は躰をびくんとさせた。斑目の腕に腰をかき抱かれ、力強く抱き寄せられているとそこは蕩《とろ》けたようになってしまう。

「ぁあ……、はぁ……」

坂下は、斑目の首に腕を回して力を籠めた。早く、早く……、と心の中でうるさくねだる獣じみた自分が、いつ理性の壁を越えて外へ飛び出すかわからない。そんな思いが、より感度をよくしていた。

今は辛《かろ》じて抑えているが、坂下の奥にはもっと激しい獣が隠れている。

「他人のことばっかり見てねぇで、俺のことも構ってくれよ」

「ぁあ……、あ、……あ」

若い男を連れ込んだ罰だというように、斑目は焦れったい手つきで坂下を煽った。足りなくて、散々焦らされた躰の中にはさらに熱が蓄積され、行き場を失ったそれは坂下の中を駆け巡るだけだ。

「あんな若造に出し抜かれるなんて、嫉妬で狂いそうだよ」

「出し抜か、れる……なんて、……俺は……何、も……っ」

「ここに触られてただろうが」

先ほど小田切が触れた部分に、斑目の熱い手が這《は》わされる。そこを丹念に撫でるのは、自分のものだと主張されているようだった。

まるでマーキングだ。だが、斑目に印をつけられるなら構わない。

自分がそんなふうに思うことに驚きを隠せず、戸惑いの中でさらに溺《おぼ》れていく。

「本当に嫉妬してるんだ。俺の先生を若い男につまみ喰いされたら、どうしようってな」

「——ぁ……っ」

唇が肌の上で動くたびに、躰の芯《しん》がジンとした。

斑目をもっと感じていたかった。首に回した腕にさらに力を籠めて、自分の想《おも》いを伝える。

「ぁあっ」

腰を撫で回していた斑目の手は、ゆっくりと下へ降りていった。尻を摑まれ、やんわりと揉みほぐされていると、今から繋《つな》がろうとしているのをひしひしと感じた。

斑目は自分に挿《い》れたがっている——そう思っただけで、坂下の心は完熟した果実がもぎ取られるのを待ちわびるあまり、その表面から甘い蜜《みつ》を染み出させているかのように濡れそぼつ。

自分もまた斑目と繋がりたいのだと深く思い知り、斑目の指が肌に喰い込めば喰い込むほど、熱くなった。求められていると感じるほど、坂下も同じ気持ちなのだと思い知らされるばかりだ。

「先生……っ」

スラックスを脱がされ、下着をずらされてから膝を抱えられる。

優しく抱かれることなど、望んではいなかった。荒々しく奪って欲しくて、何も考えられないほど夢中にさせて欲しくて、促されるまま脚を広げて斑目の侵入に備える。

「斑目さ……、早……く……」

待てなかった。二階に促す余裕などなく、飢えた獣のように与えられる快楽に飛びついてしまう。

斑目は机の上のファイルをざっと床に落とし、その上に坂下を座らせてから前をくつろげて幾度となく坂下を啼《な》かせた屹立《きつりつ》を取り出してみせる。

「そんなに急《せ》かされると、興奮するよ。俺のトマホークが発射寸前だ」

「──ぁ……っ」

欲望に濡れたしゃがれ声が耳から流れ込み、坂下はそれに染められた。

「──く、……ぁ……っ！」

先端をねじ込まれ、苦痛に顔をしかめずにはいられなかった。それでもやめて欲しくなくて、頭をかき抱いて躰で催促してしまう。熱の塊は容赦なく坂下を引き裂き、内側から圧迫する。

「んぁ！　あぁ、あ、……ぁあ……っ！」

犯すような性急さに、より昂ぶったのは言うまでもない。

力で征服される悦びに、はしたない声が次々と漏れた。有無を言わさず押さえつけ、自分のものにする——そんな斑目の抱き方に、坂下もまた獣になった。

「締めすぎだ、先生……っ」

苦笑とともに零れた本音に、羞恥を煽られる。自分が酷く欲しているのだと言われているような気がして、心が濡れた。

「ぁあ、……んぁ、……はぁ……っ、……ぁあっ！」

熱い。

熱くて溶けそうだ。

坂下は、斑目を深々と咥え込んだまま、そう繰り返していた。己の腹の中で蠢《うごめ》くものに狂わされながらも、さらに深い愉悦を求めてしまう。

「んあぁ……、あぁ、……はぁ……っ、——んあぁぁぁ……」

「先生……っ」

「斑目さん、……斑目さん……っ」

たまらなかった。これほど焦がれることがあるだろうかと思うほど、欲している。

再びバラバラと音を立てて机の上のものが床に散らばり、坂下は興奮の中で日常を思い出させるものたちに目をやった。散乱したものを見て、自分たちの行為がいかに激しく、動物じみているのか見せつけられた気がする。

こんなところで男を、斑目を咥え込んでいるなんて、なんて恥ずかしい男なんだと自分を責めずにはいられなかった。それなのに、己の浅ましさを思い知るたびに昂ぶりはいっそうのものになっていく。

まるで、罪の味に酔いしれているようだ。

斑目の手はそんな坂下をより深い悦楽の海に引きずり込もうとするように、尻をきつく揉みほぐし、肌に指を喰い込ませて痛みを与える。

「斑目さ……、……はぁ……、……ぁぁあ……」

「イイか？　先生」

「斑目さん、……斑目さ……っ、……ぁあっ！」

躰を揺さぶられ、顎をのけ反らせて斑目を味わった。すると、斑目は捕食者が獲物に噛みつくように喉笛に歯を立ててきて、よりいっそう坂下を追いつめようとする。

痛みを与えられるたびに、坂下は感じ、啼いた。

いつからこんな躰になったのだと、自分でも驚くほど被虐的な悦びに打ち震えてしまう。

酷く苛《いじ》めて欲しくて、斑目の髪をかき回した。

「ぁあ、あ、……あぁぁ……、……はぁ……っ！」

「俺のが……、……ぁ……、好きか？」

「……っく、……んぁ……あ……」

「好きか、先生。……俺の、……っく、……先生の、中にいる……俺が、好きか？」

男っぽく喘ぐ斑目の吐息は、坂下の躰をより敏感にさせた。

激しい目眩の中で聞かれると、素直に答えてしまいそうになる。はしたないことを口にしてしまいたくなる。

辛うじて残る理性が邪魔をしていたが、それも長くは続かなかった。

「……好き、です……」

堪えきれず、素直に自分の気持ちを吐露する。

斑目が好きだ。

自分を攻め立てる斑目の熱い猛《たけ》りも好きだ。

「ぶっといのが好きって、言ってみてくれよ」

含み笑うように言われ、耳が熱くなるのを感じながらその言葉を唇にのせようとして、思いとどまった。

「ほら、先生」

「好き……、……好き……っ」

「何が、好きなんだ?」

「斑目さんの……、斑目さんの……っ」

それ以上言葉にならなくて、視線を逸らして唇を噛む。斑目は、そんな坂下を許してはくれなかった。

「どう好きなんだ?」

「ん……、……っく、……どう……って……、あっ」

「こいつが好きなんだろう? どんなところが、……っく、……好きなんだ?」

おっきくて、硬くて、熱い斑目のそれが好きだと言わせたいのか。

わかっているくせに――羞恥に焼かれながら、自分を狂わす男を憎らしく思う。

「おっきいか?」

「ぁあ……っ」

奥を突かれ、熱い吐息を漏らしながら頷《うなず》いた。

「硬ぇか?」

「んぁ……、はぁ……っ、……っく……」

うっすらと目を開け、涙で揺れる視界の向こうに斑目を見つけた坂下は、激しく揺さぶられながらもう一度頷いてみせる。

「奥まで、届いてるか?」

「——んぁ……、あぁ……、……届いて、ます……、……奥、……届いて……、……ひっ……く、……ぁあっ! あ、あ!」

限界が、すぐそこまで来ていた。

「そこ……」

坂下の口から、はしたなく催促する言葉が漏れる。

「そこ……っ、……そこ……っ、……斑目さ……、そこ……、お願……、ぁ……」

たがが外れたように、坂下は何度も「お願い、お願い」と口にした。すると、斑目は腰を使ってそれに応える。

「ぁあ……ぁ、……ぁああ……、あ、……はぁ……」

「……っく、……先生……っ、……はぁ……っ、可愛いぞ、先生……」

「斑目さ……っ、……ぁあ」

「先生っ」

「斑目さ……、も……、……もう……っ」

「イきそうか?」

イきたい。

坂下は脚をより大きく広げ、ねだった。

「出すぞ」

「……んぁ、あ、あ……、……っく、……はぁ……っ！」

力強いストロークに、あっという間に高みに連れていかれる。

「先生っ、……はぁ……っ、……先生っ、……っく、……先生……っ」

「あ、あ、斑、目……さ……っ、ぁあ、あ、——ぁぁあああ……っ！」

掠れた声をあげながら、坂下は斑目の大砲を受け止めた。


翌日、素っ裸で目を覚ました坂下は、布団の中から腕だけ出して手探りでメガネと目覚まし時計を探した。いつもと違う場所にそれを見つけると、眠い目を擦《こす》りながらメガネを装着して時間を確認する。

「あー……、何時だ？」

アラームが鳴るまであと五分。

どうやらスイッチを入れてくれたのは、斑目のようだ。あんなだが、時折こんなささやかな気遣いをしてくれる。目覚ましより先に起きてしまったけれども、その優しさに目を細めて布団の上に座った。

「よっこらせっと。あいたたた……」

年寄り臭い言葉が出てしまったのは、濃厚な一夜を過ごしたからだ。心地《ここち》好い疲労ではあるが、腰が重くてならない。今日も一日仕事があるというのに、手加減なしに愛してくれる男に文句の一つも言いたくなるが、激しく求めた自分も同罪だと思い直す。

『愛してるぞ、先生』

行為の最中に囁《ささや》かれた言葉が蘇《よみがえ》ってきて、一人赤くなった。髪はぼさぼさでいつも無精髭を生やしただらしない男に『愛してる』と囁かれ、そんな状況を受け入れていることが恥ずかしくてならなかった。

「はぁ」

色気のない溜め息をつき、しばらく布団の上に座ったままぼんやりと惚《ほう》ける。

寝癖のついた髪は、毛先が跳ねてあらゆる方向を向いており、恋人と呼べる相手と熱い一夜を過ごしたばかりとは思えない姿だった。だが、斑目に言わせるとこれもまた可愛くて『喰っちまいたくなる』のだ。

怒る顔も、笑う顔も、快楽の海に溺れそうになる顔も、好きな相手だと特別なものになる。それは、坂下も同じだ。

くしゃみ一つ、これまた色気のない姿を晒《さら》した坂下は、いい加減動き出さねばと、まだ眠りを貪《むさぼ》りたがる自分に鞭《むち》打って布団から這い出した。その時、ちゃぶ台の上におにぎりとインスタントのみそ汁が置いてあるのに気づく。

坂下が寝ている間に斑目が買って置いていったのだろう。いい仕事にありつくために早朝に起き出すとはいえ、わざわざこのために一度戻ってきたのだ。

その優しさにますます心が温かくなり、湯を沸かしてみそ汁を作って朝食を食べ始めた。シャケとたらこのおにぎりとから揚げが一つ。

全部腹に収めると、茶を飲み干して気合を入れる。

「よし、今日もがんばろう」

一階に下りていき、掃除をしながら準備をしていると作業着を着た男がポケットに手を突っ込んだまま診療所に入ってきた。どうやら患者ではなく仕事にありつけなかっただけのようだ。

「よ～、先生」

「おはようございます。あれ、今日も仕事にあぶれたんですか？」

「はっきり言うなや。今日で一週間だよ。ったく、どうしたら景気はよくなるんかのう」

口を尖らせて文句を言うのを見て、男の肩を軽く叩く。

「明日はいいのが見つかるといいですね」

「おう、そろそろ金もなくなってきたからなぁ。明日こそいいの見つけるぞ」

二人で話していると、慌てた様子で別の男が診療所に飛び込んできて、必死の形相で訴えてくる。

「先生ぇ～。また水虫が出てきちまった～。なんとかしてくれ～。痒《かゆ》くてたまらん」

「おはようございます。水虫って……薬渡してたでしょう?」

「な、なくしちまったんだよ」

言い訳をする表情を見て、すぐにわかった。

「さては捨てましたね」

ギクリとしたのがわかり、正直すぎる反応に軽く溜め息をついてみせる。

「もう、治ってからもしばらくは薬塗ってくださいって言ったでしょ。油断して薬塗るのサボるからそういうことになるんです。ほら、診察室に入ってください」

男を促して中に入ろうとしたところで、またさらに一人やってくる。

「先生っ。先生ぇ！　急患じゃ！　爪《つめ》が喰い込んで痛ぇんだ。ちょっと診てくれ！」

坂下は、躰を反転させて入ってきた男の方を見た。自分で自分のことを急患と言う人間が、本当に急患だとは思えない。

「誰が急患ですって?」

「おいおい、俺が先だよ」

「なんだおめー、どうせ水虫じゃろうが。俺の方が重症なんじゃ」

「どうせとはなんや。水虫の恐ろしさはお前も知っとるやろうが」

「痒いのと痛いのは、痛い方が重症じゃぞ！」

「なんやと～。俺の水虫はどうでもええっちゅーことか！」

元気に喧嘩を始める二人に呆れ、間に入って仲裁した。

「ほら、喧嘩しないで並んで並んで。来た順ですよ。爪は我慢できないほど痛いんですか？ちょっと見せてください」

その場で靴下を脱がせると、親指の爪の両端が肉に喰い込んでいるのがわかる。

「あー、巻き爪ですね。靴、小さいんじゃないですか？　ちゃんとサイズが合ったのを履かないと駄目ですよ。手術すればすぐに治りますけど」

「えっ。俺の足、そんなに酷ぇことになってんのか！」

「部分的に麻酔をかけて皮膚に喰い込んでる爪を切るだけですよ。ちゃんと治療しますから、順番は守ってください」

見た目は野獣のようでも、麻酔が必要な治療は怖いらしい。さっきまで威勢よく喧嘩をしていたのに、急に黙りこくって待合室のベンチに腰を下ろす。

「大丈夫ですよ、そんなに心配しなくても」

「頼むよ～、先生」

不安そうにしている男にもう一度大丈夫だと言って勇気づけ、先に水虫の治療に来た男と診察室に入っていく。

それからも患者は次々とやってきて、午前中はそれをさばくのに手一杯だった。あっという間に昼になり、二階で昼食を取った後すぐに一階に戻る。

仕事にあぶれた連中は、相変わらず待合室で賭け事をしたり妙な遊びをしたりして時間をつぶしていた。楽しそうにしている姿を見て「平和だなぁ」としみじみし、時折ハメを外しすぎるオヤジどもを叱り飛ばす。

夕方になると斑目と双葉がやってきて、今晩飲みに行こうと誘われた。濃厚に愛し合った後だけに意識してしまうが、何事もなかったような斑目の態度に自分だけ翻弄《ほんろう》されているのも癪《しやく》で、角打ちにつき合うことにする。

午後からの患者もすべて診てやり、診療時間が過ぎると坂下はカルテの整理など雑用を片づけ、ホームレスたちの見回りまでしてから店に向かった。

時間は八時を過ぎており、先に来ていた斑目たちはすでに気分よく飲んでいる。

「あ。先生~。こっちです」

坂下が店に入るなり、奥のカウンター席で双葉が手を振る。その手前には斑目が立っており、焼酎を飲んでいた。小皿には切干し大根や根菜の煮物、そして濃いめの味つけをされた手羽先などが揃っている。

腹の虫が騒ぎ始めたのは、空腹だからというだけではない。ここの料理の味は街の連中の間でも評判だ。

「お疲れさま、先生。どうぞ」

「またホームレスの見回りか？」

「ええ」

双葉が坂下の入るスペースを空けてくれ、斑目と双葉の間に立つ格好になる。あまり深く酔わないよう、焼酎は湯で割ってもらった。ギリギリまで焼酎のつがれた耐熱グラスを握ると、冷えた指先が温まってジンジンしてくる。

一口飲み、ようやく仕事から解放された気分になれた。

「いただきま〜す」

手羽先の煮つけを手で摑み、さっそくかぶりつく。濃いめでピリカラの味つけは、日々忙しく働いている坂下の舌を唸《うな》らせた。疲れていると、味の濃いものが美味しく感じる。

「あ〜、生き返る〜」

手羽先を一気に三本骨にし、指についたタレを舐めて焼酎を口に運んだ。煮物もいい具合に染みていて、特に柔らかく煮込まれた里芋《さといも》は涙が出るほどの味になっている。

腹が満たされてくるとニコチンが欲しくなり、ポケットの中から大事に大事に吸っているタバコの包みを取り出した。残りの本数を数え、迷った挙げ句に火をつける。

紫煙が辺りに広がっても、ここには禁煙なんて言う人間はいない。

「ところで、先生。小田切って奴が路上で寝泊まりしてるの見たことあるか？」

「いえ」

カウンターに置いてあった灰皿を引き寄せ、指でタバコを叩いて灰を落とした。

網羅しているわけではないが、頻繁にホームレスたちに声をかけているのだ。いまだに小田切が路上で寝泊まりしているのを見たことがないのは、おかしい気もした。

「そうか。宿には泊まってねぇっつってたが、どこにいるんだろうな」

「どういうことです？」

「ちょっと気になってな」

斑目の歯切れの悪さと何か思うところがありそうな横顔に、よくないことが起こりそうな気がした。不穏なものを感じずにはいられない。

「奴が仕事探しに顔を出したところを見た奴もいねぇんだ。かといって路上で暇つぶしてる姿を見た奴もいない。昼間は何してやがるんだろうと思ってな」

「何かの目的で、この街に来たってことですか？」

「可能性としてはアリだな」

一瞬、斑目の弟の克幸《かつゆき》を思い出したが、もう決着がついていることだ。さすがにそれはあり得ないと思い、別の可能性を考える。

しかし、これといって思いつかない。

「何か目的があるとしたら、いったい……」

言いかけたその時、日焼けした男前の姿が目に入ってきた。

「あ……」

噂《うわさ》をすればなんとやらで、店に入ってきたのは小田切だった。狭い店内を見渡し、一度坂下たちの方に視線を留めてから空いている隙間《すきま》へ躰を滑り込ませる。

「オヤジ、芋をロックで」

グラスが出てくると、小田切は静かに飲み始めた。大皿の料理を取り、ときどきそれをつまんでは焼酎を流し込んでいく。

「小田切さん、こんばんは。その後、傷の具合はどうです？　痛んだりしませんか？」

坂下がカウンターに身を乗り出して聞くと、小田切は黙って坂下に視線を向け、しばらくしてからやっと返事をした。

「ああ」

「そうですか。よかったです。痛むようなら診療所に来てください」

その言葉に小さく鼻で嗤ってから、焼酎に口をつける。

初めは店内にいた他の客も小田切の動向に目を向けていたが、それも長くは続かなかった。せっかく楽しい酒を飲みに来たのだ。わざわざつまらない席にすることはない。

いつしか店内は再び騒がしくなり、普段通りの雰囲気に戻っていった。

「あ〜、若いおなごに酌してもらいてぇなぁ」

溜め息混じりに髭面の男が言うと、他の連中もそれに同意する。

「若いねーちゃんが踊っとる店で飲みたかの〜」

「いいねぇ。腰振りダンス見て飲む酒は旨いじゃろうなぁ」

「なぁ、オヤジ。親戚でもよかけん、若くてぴちぴちしたのはおらんとか？　中に立っとるだけでもいいっちゃけどなぁ」

「ぴちぴちしたのなら、ここにおるぞー」

「え、俺？」

双葉が自分を指差すと、悪ノリしたオヤジたちがはやし立てる。

「もうお前でよか。お前が踊れ！」

「そうやそうや。双葉が踊らんかい」

「いいぞいいぞ〜」

男たちがはやし立てると、双葉もふざけて腰を振りながら踊ってみせた。ゲラゲラと笑い声が店の中にこだまする。いつもの風景に坂下もつい声をあげて笑っていたが、笑い声を引き裂くように、小田切の声が店内に響いた。

「――うるせぇんだよ」

一瞬にして、その場の空気が凍りつく。

和やかだった空気が、いきなり張りつめたのは言うまでもない。

「おい、なんつった？」

双葉と一緒にふざけていた連中は、凶悪な顔で小田切を睨みつけて身を乗り出していた。何かきっかけがあれば、殴りかかるつもりなのは傍《はた》から見てもよくわかった。

もともと気の短い連中だ。上機嫌で飲んでいるところに水を差されていい気はしないだろう。

「うるせぇっつったんだよ。馬鹿みてぇに騒ぎやがって」

「酒飲んで騒いだら悪いんかい！」

「こいつの言う通りや。静かに飲みてぇなら、洒落《しやれ》た店に行かんかい！」

「この若造が！」

屈強な男たちが小田切を取り囲もうとするが、小田切はそれを無視して双葉に近づいていった。

「なぁ、あんたいつも楽しそうだな」

小田切は明らかに怒っていた。唇を歪め敵意を剝き出しにしている。しかも、他の連中には目もくれず、その感情は双葉にだけ向けられているようだった。

三人相手に喧嘩をした時も、小田切は全員を相手にせず一人に絞った。それが喧嘩慣れした者のやり方だというのは、坂下も知っている。屈強な男たちの中で双葉をターゲットにしたのもそんな理由からなのかと思ったが、なんとなく違う気がした。小田切は明らかに自分から喧嘩を売っているのだ。

なぜ、わざわざ双葉に絡むのか——。

「楽しいよ。ここにいるみんなとは仲いいし。肩肘張らずにもう少し力抜いたらいいと思うけどな。俺も最初は他人を信用してなかったけど……」

「——うるせぇな。いつまでもこんなところにいるつもりはねぇんだよ！」

小田切は、いきなり双葉に摑みかかった。カウンターに背中を打ちつけた双葉は小さく呻《うめ》き、苦痛に顔をしかめる。先手必勝とばかりに胸倉を締め上げる小田切に、周りにいた男たちは気色ばんで一触即発の状態になった。

「何しやがんだてめぇ、舐めとんのか！」

「ぶっ殺すぞ！」

「ちょっと、やめてください！」

物騒な言葉に、坂下はすぐに止めにかかった。自分の目の前で殴り合いなどさせるわけにはいかない。オヤジ連中はいつも坂下の世話になっているからか、文句を言いたげな顔をしながらもグッと堪《こら》えて引き下がった。

しかし、小田切の方はというとそう簡単にはいかない。

「てめぇが笑ってると、むかつくんだよ！　ヘラヘラヘラヘラヘラ能天気に笑いやがって！」

「小田切さんもやめてください！」

双葉を締め上げる小田切を引き剝がそうとしたが、無駄だった。斑目に助けを求めようと視線をやるが、黙って腕組みしたままその様子を見ている。

(どうして……？)

なぜ止めないのか、わからなかった。斑目は何かを見定めようとしているかのように構えている。そうしている間にも、小田切が感情を抑えきれなくなっていくのがわかった。

「なんでてめぇは笑ってんだよ！　……てめぇは……っ」

さらに怒りを露わにする小田切にハッとなり、後ろから羽交い絞めにする。

「小田切さん、落ち着いて！」

「なんでてめぇなんだ！　なんで……なんで……っ」

怒りに満ちていた小田切の声が、突然震えた。そうかと思うと涙声になり、嚙み締めるように漏らされる。

「多恵《たえ》はなんでお前なんかを……っ」

「え……」

双葉の表情が変わった。

小田切は「しまった」という顔をし、双葉の胸倉から手を離した。そして、すぐさま店を出ていこうとする。双葉は慌ててそれを追い、店の出入口のところで小田切を捕まえた。

腕を掴み、信じられないという顔で質問を浴びせる。

「ちょっと待てよ！　今、……お前、今『多恵』って言ったか？」

「言ってねぇよ！」

「言っただろ。多恵を知ってるのか？　お前……多恵とどういう関係なんだ？」

「てめぇには関係ねぇ」

二人は揉み合う格好になるが、その時、小田切の上着のポケットから一枚の葉書が落ちた。

足元に落ちた葉書を見て双葉は目を見開き、それを拾う。

「これ……、この葉書……」

小田切は、驚きを隠せない双葉をじっと見下ろしているだけだ。

誰も口を出すことができなかった。二人の間に、何か繋がりがあるのは確かだ。しかも、ただの知り合いなんかではない。何か複雑な事情が二人の間には存在している。

時間を止めたかのように、しばらく誰も動かない。

「俺は多恵の幼馴染みだ。消印だけであんたを捜すのは苦労したよ、双葉さん」

凍りついた空気を揺らした後、小田切は双葉を睨みつけて店を出ていった。呆然《ぼうぜん》とする双葉に、誰も声をかけることができない。

随分と混乱しているようだったが、双葉はすぐに我に返り、小田切を追って店を出ていった。

「あいつがマグロ漁船に乗ってたのは知ってるだろう」

「ええ」

斑目と二人で診療所に戻ってきた坂下は、二階でちゃぶ台につき、二人向かい合って座っていた。あれから双葉も小田切も見つからず、やみくもに捜しても無駄だと二人でここに帰ってきたのだった。

双葉が坂下を訪ねてくるのを期待して待っているが、一時間は過ぎている。

「あいつは、漁船時代のことはほとんどしゃべらねぇんだ。双葉もそれなりに抱えてるもんがあるんだろうよ」

斑目が険しい顔をして言った。普段はふざけたことばかり口にしているからか、こんな顔をされると事態があまりよくないことを嫌でも思い知らされる。それは、斑目も自分が医者だったことや、医者をやめた理由などを誰にも話さなかったことからもわかった。

この街に集まる人間は、多かれ少なかれ事情を抱えている。過去を捨ててきた人間も多く、他人が簡単に踏み込んではいけない。

底なしに明るいから忘れがちだが、双葉とて例外ではないだろう。

坂下が来るより前からこの街に流れ込んできて、根無し草のような生活をしているのだ。順風満帆に人生を歩んできたわけではないのはわかる。

いつも明るく振る舞っているから、そんなことはすっかり忘れていた。

「多恵さんって人は、双葉さんとどういう関係があるんでしょうか」

「さぁな。ただ、双葉は知らなかったが、小田切が双葉を知っていて、双葉に用があったからこの街に来たのは間違いねぇな」

店で小田切が双葉の胸倉を摑んだ時、それを止めなかったのは真相を知るためだったのだろう。斑目は小田切が店に現れる前から、あの青年が何か目的があって街に来たのではないかと疑っていた。

坂下たちが知る限り、路上で寝泊まりしているところを誰も見ていない。仕事を探しに行く姿も目撃されていない。

坂下は気にもとめていなかったが、さすがに斑目の鋭さには感心する。

こうなってみて考えると、宿に泊まらず外で寝泊まりしているのなら、多少臭うはずなのに坂下はそんなことにも気づいていなかったのだ。

「双葉さんが心配です」

「ああ。俺も放っておけねぇな」

いつも他人の事情に首を突っ込んでしまうため呆れられているが、今回ばかりは特別なのだろう。歳の離れた親友に対する斑目の友情に、心強さを感じる。

その時、窓枠がコッンと鳴った。

急いで窓を開けて下を見ると、双葉が立っている。

「双葉さん！」

もう診療所には来てくれないと諦めかけていたため、坂下は心底安堵《あんど》した。思いつめたような顔をしているのを見て、慌てて一階へ下りていき中へ促す。

「双葉さん、入ってください」

双葉は意外にも素直に中に入ってきた。二階に上がると、斑目がいることに気づいて、バツが悪そうにする。今二人がここにいるのは、自分が原因だとわかっているのだろう。

「あの……えっと……お茶でも飲みますか？」

散々悩んだ挙げ句に口から出たのは、そんな気の利かない言葉だった。我ながらもう少し何か言うことはないかと思うが、逆にそれがよかったようで、双葉は笑った。

いつもの屈託のない笑みとは違い、弱々しいものだったが、笑えただけでも十分だ。

坂下は急かすように双葉を座らせて茶を淹《い》れると、それを出して自分も座った。

「どうした、双葉」

斑目がタバコに火をつけ、サラリと聞く。

上手く聞けない自分とは大違いだと、頼もしく思った。自分一人だったら、いつまでも核心に迫ることができず、茶で腹がいっぱいになったことだろう。

「お前、小田切ってのとなんか繋がりがあったんだろう？　どこで繋がってたんだ？　多恵って女か？」

自分と同じように過去を捨てた男に聞かれたからか、双葉は観念したようにポツリポツリと話し始める。

「俺さ、実は三つ年齢詐称してんの」

「えっ……」

「なかったことにしたい三年間ってのがあったから……。俺がマグロ漁船に乗ってたってのは知ってるだろ？　乗ってたのは、丸三年。俺が消したかった三年間だよ」

どうりで聞いた歳より大人びているはずだ。見た目は若いが、ときどき歳下とは思えないほどしっかりしたところがあると感じていたのは、そのせいだったのだ。

双葉の話によると、漁船はいい環境ではなかったらしく、マグロ漁船に乗っていた頃は自分の人生で最悪の時だったという。

思い出したくもない過去。

閉ざされた世界での長時間の航海や危険と隣り合わせの作業などから、過酷と言われているマグロ漁船だが、双葉が思い出したくない理由は、ただそれだけではないのだとわかる。

しかし、その表情を見ていると、さすがにどんな環境だったのか詳細を聞く気にはなれなかった。

「それでさ、俺、わざとケガして途中で船を下りたんだ」

遠洋マグロ漁船は長い航海になるため、専用の船と海の上で物資のやりとりをすると聞いたことがある。双葉はケガを理由に別の船に乗り換え、逃げてきたのだ。

「でも、それだけじゃ済まなかった」

「どういうことです?」

「俺は知り合いのところに身を寄せてたんだけど、俺を捜しに奴らが来たんだ。船長の南場《なんば》って男と、あと幹部が二人。運よく俺は留守してたから出くわさなかったけど、すぐに逃げた。俺のことはある程度調べてたらしくてさ、俺が昔働いてたところや昔の仕事友達は全部アウトだったよ。逃げ回っても奴らが追いかけてきて、行くところなくってさ」

船を下りてからもわざわざ双葉を捜しに来るなんて、普通ではない。わざとケガをしてまで船を下りた双葉の行動からしても、やはり簡単には言えない事情が隠されているのは間違いなかった。

「そんな時、ある女と知り合ったんだ。それが、篠原《しのはら》多恵。俺の恩人だ」

先ほど小田切が口にした人の名だ。

坂下は、無意識のうちに眉をひそめていた。険しい表情になるのをどうすることもできない。しかし、双葉はそれ以上に思いつめた顔をしている。

双葉から元気を貰うことも多い坂下にとって、それは辛《つら》いことだった。

「多恵は俺と同じだった。親が作った借金を被らされたんだ。水商売に足を突っ込んで躰を売って借金を返した。多恵は俺に同情して、漁船時代の仲間に見つからないように匿《かくま》ってくれたんだ。一緒に暮らしてたのは、半年くらいかな。多恵との約束で連絡先は教えなかったんだけど、生活が落ち着いたって報告だけはしたくてあの葉書を出したんだ、消印だけでここを突き止めるなんて、相当捜したんだと思う。多分、多恵に何かあったんだ。でも俺はそんなことも知らずに、ここで呑気《のんき》に暮らしてたから……」

「彼女の居場所はわからないんですか？」

双葉が黙って首を横に振った。

小田切なら知っているだろうが、素直に教えてくれるとは思えない。

「前に住んでたマンションは、もう引き払ってた」

頭を抱える双葉を見ているだけで、胸が締めつけられた。

双葉なりに最良と思える手段をとったのだろうが、それが今、裏目に出た形になっている。

「どうしよう……。俺、あんなに世話になったのに」

「双葉さん」

なんて声をかけていいのかわからなかった。こんな時にどうして自分はなんの役にも立てないのだろうと、歯痒くてならない。

しばらくそんな気持ちを噛み締めていると、今まで黙って聞いていた斑目がポツリと言った。

「お前らしくねぇな」

「斑目さん……」

「居場所がわからねぇんだったら、捜しゃいいんだよ」

斑目は、腕組みをしたまま『何かおかしいこと言ったか？』という顔で双葉を見下ろした。

簡単に言ってくれるが、現実はそんなに甘くないことくらいわかっている。彼女に何か起きたかもしれないことがわかった今、そんな悠長なことをしている気分ではないだろう。

けれども、それくらいしかできないのなら、やるしかない。

シンプルだが、斑目らしい考えだ。

その言葉は萎《しぼ》んだ気持ちに喝《かつ》を入れたようで、双葉の表情はいつものそれに変わる。

「俺、多恵を捜す。斑目さんの言う通りだ。居場所がわからないんだったら、見つかるまで捜しゃいいんだ」

声にも力が出てきて、前向きな気持ちになったことがわかる。さすが斑目だ。自分は双葉に引きずられて一緒に深刻な気持ちに陥るだけだったが、斑目はそんな場所から双葉を引き上げた。敵《かな》わない。

「小田切を締め上げて吐かせるって手もあるぞ」

「斑目さん！」

物騒なことを言う斑目に思わず声を荒らげてしまうが、そのくらいの気持ちだという意味だとすぐにわかり、バツの悪さを覚える。そんな坂下を見て、斑目と双葉が笑った。

「ありがとう、斑目さん。先生も、俺のこと心配してくれて」

「お前が元気じゃねぇと、この街もなんとなく調子出ねぇからな」

「双葉さんには、笑顔が似合います」

二人の言葉に、双葉はもう一度礼を言った。

それから双葉は、診療所に顔を出さなくなった。斑目も手伝っているようで、以前より診療所に来る頻度は下がり顔を見ない日がしばらく続く。

診療所を空けるわけにはいかない坂下は、いつもの通り患者を迎える毎日だったが、そんな日々を過ごしながらも、自分なりにできることをしようと診療所に来る患者や暇つぶしに来た男たちに小田切を見なかったか聞いて回った。もともと毎日姿を見せていたわけではない男は、どうやら双葉のことを探るためだけに街にいたようで、まったく手がかりは摑めない。

しかし、二週間が過ぎる頃、ホームレスの様子を見回っていた坂下は運よくその姿を見つけた。

「小田切さんっ！」

坂下の声に振り返った小田切は、心底うんざりしたような顔で踵を返した。このところ朝晩の冷え込みが厳しく、白く濁った息が冷たい空気に広がる。

急いで追うが、そんな坂下など無視して小田切はどんどん歩いていった。ここで逃がすわけにはいかないと腕を掴み、立ち止まらせて必死に訴える。

「よかった、見つかって。双葉さんのことで話があるんです」

「俺はねぇよ」

「じゃあなんで、この街にまた来たんですか？　双葉さんに何か言いたいことがあって来たんじゃないんですか？　ここで仕事を探してるわけじゃないんでしょう？」

坂下の言葉に、小田切は唇を歪めて嗤った。その表情は敵意に満ちていて、双葉だけでなく坂下のことも拒絶しているのだとわかる。

「よくわかったな。俺はこんな街にいる連中とは違う。定職にも就いてるし、ちゃんと自分でアパート借りて住んでるんだよ」

新たな事実を聞かされるが、坂下は驚かなかった。不定期にしか現れないことから考えても、仕事を持っている方が自然だ。宿に泊まっていないのに臭わないのも、説明がつく。

「あの双葉ってのはクズだ。それに、多恵のことはあんたには関係ないんだよ。首を突っ込むなよ、お節介の偽善者先生」

「ありますよ！　双葉さんは俺の大事な友人です。双葉さんのことを悪く言うのもやめてください。あなたは、双葉さんの何を知ってるんです？」

「どうでもいいよ、そんなこと」

立ち去ろうとする小田切の腕をもう一度摑んだ。ここで小田切を逃がしたら、一生後悔する。なんとしても連れ帰り、多恵という女性の居場所を聞き出さなければと喰い下がる。

「教えてください。彼女は今、どこにいるんです？」

「それを知ってどうすんだよ？」

「双葉さんは、彼女に何かあったんじゃないかって心配してます。小田切さんがここに来たのは、双葉さんを目の仇《かたき》にするのは、彼女に何かあったからでしょう？　双葉さんが楽しそうにしているのが腹立たしいのは、双葉さんを助けた彼女に大変なことが起きてるのに、双葉さんがその事実すら知らないからだったんですよね？」

問いつめると、小田切の表情に微《かす》かな変化が見られた。図星なのだろう。それならなおさら、逃がすわけにはいかなかった。

「いいから来てください！」

「離せ！」

「嫌です。多恵さんの居場所を言うまで、離しませんから」

「なんなんだよてめぇは！　いい加減にしろ」

坂下の腕をほどこうとする小田切と、路上で揉み合いになった。絶対に離すもんかと必死で喰らいつくが、小田切も本気で坂下を自分から引き剥がそうとする。

「俺はこう見えても頑固なんです。いい加減になんかしませんよ」

「離せっ」

「――ぅぐ……っ」

いきなり殴られ、坂下は小田切から手を離してしまった。死んでも離すまいと思っていたのに、いとも簡単に地面に転がって膝をつく。その間にも小田切は坂下を置いて走り去ろうとしていた。

「小田切さん……っ」

呼んだところで待ってくれるはずはない。しかし、追いかけるために立ち上がろうとして、首からかけていたホイッスルに目が留まった。

（あ……）

斑目がくれたものだ。何かあった時に吹けば飛んでくると約束した。斑目が来てくれるとは限らないが、誰かが気づいて駆けつけてくれるかもしれない。顔見知りなら、坂下に手を貸してくれるはずだ。

坂下は急いでホイッスルを咥えた。

ピィイイイー……ッ、と夜の闇《やみ》を切り裂くような音が静寂を破る。

すぐにこちらに向かう足音が聞こえたかと思うと、宿の方から走ってくる人影が見えた。

「先生……っ」

「ま、斑目さん！」

ホイッスルの音を聞きつけてやってきたのは、斑目だった。誰でもいいから来てくれればと思っただけだが、本当に斑目が来るとは思っておらず、驚きを隠せない。

偶然とはいえ、相変わらずのタイミングのよさに感謝しながらも、小田切の走っていった方を指差して必死で訴える。

「小田切さんです、追ってください！」

「任せろ」

斑目は小田切を追い始めた。

坂下も立ち上がったが、転んだ時に膝を強く打っていたため、すぐに走り出すことができずに随分遅れを取った。

ようやく斑目に追いついたのは街外れで、小田切は観念したように植え込みのブロックに腰を下ろしている。

「先生」

「ま、斑目さん」

走ったせいで息が上がっていた。坂下が近づいていくと、小田切の前に立っていた斑目はタバコに火をつけて一服を始める。夜風に乗った紫煙が坂下の頬をさらりと撫でてどこかへ姿を消した。

どう声をかけたら小田切の心を溶かすことができるのかと思案するが、何も思い浮かばず、坂下は黙ったまま息を整えた。双葉のためにも、少しでもいいから彼女の情報を聞き出したい。けれども下手なことを言えば、ますますこの青年の心を頑《かたく》なにしそうだ。

斑目の方はというと、小田切が何か言い出すのを待っているようで、ただじっと見ている。

「お節介な奴だな」

ポツリと、小田切が言った。

取りつく島もないといった態度に、自分は双葉のために何もできないのかと思うが、斑目が不意に口を開く。

「この先生はしつけぇぞ。どこまでもどこまでも追いかけてきやがるから、面倒ならさっさと言うこと聞いちまった方が楽だ。そっちの方が手っ取り早い」

「あんた、この先生のことよく知ってるんだな」

「俺もその被害者だからな」

ふざけた言い方に思わず反論したくなるが、小田切が軽く鼻を鳴らした。根負けしたというように、苦笑いしている。態度が軟化したのは、明らかに斑目のおかげだ。

「わかったよ。で、どこに行けばいいんだ？」

「診療所だ。双葉もそろそろ宿に帰ってくる。先生はこいつと先に戻っててくれ」

「はい。わかりました」

あっさりこうなったことに驚きを感じながらも、坂下は小田切を促した。

診療所に戻った坂下は、二階で茶でも飲まないかと誘ったが、さすがにそこまで上がり込もうとはせず、待合室のくたびれたベンチに座る。寒いだろうと思いストーブをつけると、静けさがことさら強く感じられた。

普段、待合室のストーブに火が入っている時は、暇を持て余したオヤジたちが頭をつき合わせてくだらない遊びに興じている。その光景を思い出しながら黙ったまま座っている小田切に何か言おうとし、そしてまた言葉を呑み込んだ。

斑目に連れられて双葉が駆けつけたのは、それから十分後だ。

「先生っ」

「双葉さん」

血相を変えて診療所へ飛び込んできた双葉は、小田切の姿を見つけると息をついた。この二週間、多恵という女性のことを散々捜し回ったのだ。その居場所を知る男をようやく捕まえることができて、さぞかし安堵しているだろう。

けれども、大事なのはこれからだ。どうにかして、その口から居場所を聞かなければならない。

「先生、ありがとう」

双葉は、そう言って小田切の前に立った。小田切の方は相変わらず敵意のある目で下から睨み上げるように、双葉のことを見ている。

「小田切。頼むよ、多恵の居場所を教えてくれ」

軽く鼻で嗤う小田切からは、そんなつもりはまったくないという気持ちしか読み取れない。あまりにはっきりした態度についい、横から口を挟んでしまう。

「双葉さんは、この前からずっと多恵さんの居場所を捜してるんです。お願いですから、教えてあげてください」

頭を下げるが、小田切は坂下に冷めた目を向けただけだった。それでも諦めずに頭を下げていると、今度は斑目が口を開く。

「もう意地張るのはやめにしねぇか。女の居場所を教えるくらい、わけねぇだろう。それになんでまたこの街に姿を現した？　お前だって本当は女のためにも双葉と引き合わせた方がいいと思ってるんじゃねぇのか？」

小田切は、双葉から斑目に視線を移動させた。イライラを隠せない様子で坂下たち三人を順番に睨んでいく。

「あんたたちって、見ていてむかついてくるよ。仲間意識が強くてさ。そうやって仲良しごっこして楽しいの？」

「仲良しごっこなんて……」

「多恵の居場所が知りたいだって？」

何かを思い出すような遠い目をしながら視線を辺りに巡らせ、何がおかしいのか、肩を震わせ始めた。まるで気が触れてしまったかのように、力なくただ笑い続ける。

「どうしたんだ、小田切。なぁ、多恵の居場所を教えてくれ。頼むよ」

「あんたさ、とことん能天気だな」

小田切は肩を震わせるのをぴたりとやめ、静かに言った。そして、双葉を睨みつけてこう続ける。

「多恵は死んだよ。一年半前に交通事故でな」

「な……っ」

双葉は絶句した。

双葉だけではない。坂下も斑目も、黙ったまま小田切を見ていることしかできない。けれども、嘘を言っているとは思えなかった。

これまでの双葉への態度を考えると、納得できる。

「ついでにもう一つ教えてやる。あんた知らないだろうけど、多恵は子供を残して死んだんだよ。誰の子かわかるか?」

誰の子か——この場面でわざわざそんな話をするのはなぜなのか、明らかだった。聞かずとも、その答えはわかっている。

「小田切、それはもしかして……」

「ああ、ご想像の通りだよ。あんたの子だ。双葉さんよぉ。多恵はな、あんたの子供を産んだんだよ!」

小田切の話によると、多恵という女性は双葉の子供を身籠《みごも》ったが、自分一人で育てると言ってシングルマザーとなった。子供を産んでからの彼女の生活はかなり厳しいものになり、幼馴染みの小田切が何度も援助を申し出たが、彼女はそれすらも拒んだのだという。

誰の手も借りることなく一人で産み育てたのは、双葉への想いを貫くためなのかもしれない。昔の仲間に追われる双葉を半年も匿い、一緒に暮らしたのだ。愛していなければ、そんなことはしなかっただろう。

情の深い女性だったのだと、想像できる。

しかし、一年半前、彼女は突然の交通事故で亡くなった。たった一人の息子《むすこ》を残して、突然命を落としたのだ。遺《のこ》された息子は身寄りがないため、現在施設にあずけられている。

定職に就いているとはいえ、未婚の小田切は彼女の愛した一人息子を引き取ることができず、せめて父親がどんな男なのか知りたくてこの街に来たのだという。

「何も知らなかったなんて、お気楽な奴だな。多恵がどうしてあんたみたいな奴を愛したのか、全然わかんねぇよ」

「子供はどこに……」

「教えると思ってんの？　俺がこの街をいつまでもうろついてる理由はな、あんたが苦しむ姿が見たいからだよ。せいぜい苦しめよ。多恵が苦労したぶん、あんたも苦しめ」

「頼む、小田切っ！　……っ」

追い縋る双葉を振り切り帰ろうとする小田切の前に斑目が無言で立ちはだかったが、それも無駄だった。

「何？　なんか言いてぇことでもあんのかよ？　その先生がどんなにしつこくても、俺は言わねぇよ。殴られても拷問されても、俺は言わない」

小田切はそう言い、そしてもう一度――。

「俺は絶対に言わない」

意志の強さの感じさせる態度に、誰も何も言うことはできなかった。

双葉の背中が小さく見えた。

あれから双葉は、しばらく外の空気を吸ってくると言って診療所を出ていった。一時間経っても帰ってこないため、斑目と手分けして捜しに出たのだ。

公園のベンチに座っているのを見つけた坂下は、どう声をかけていいかわからずしばらく様子を見ていたが、いつまでもこうしているわけにはいかないと、思いきって出ていく。

「双葉さん」

反応はなかった。深く俯《うつむ》いたまま、ずっと背中を丸めて座っている。

坂下はその隣に座り、しばらく黙っていた。無理やり聞き出すようなことはせず、双葉が自分から話してくれるのを待つ。

風はないが空気は冷たく、すぐに鼻先が冷たくなった。星もよく見え、その瞬きが聞こえてきそうな静けさにことさら己の無力さを思い知らされるようだった。

黙って座っていることしかできない自分が、腹立たしい。

「ねぇ、先生。俺、ガキがいるんだって」

「ええ。驚きました」

「多恵が俺の子供を身籠ってたなんて、知らなかった。彼女が死んでたなんて……っ。俺、どうして多恵と一緒に逃げなかったんだろ」

　双葉のこんな辛そうな声は、聞いたことがなかった。

　あの時なぜこうしなかったのかと思わずにはいられない気持ちは、坂下にもわかる。どれほど後悔してもしきれないだろう。それは、例えようのない苦痛だ。

「双葉さんは追われていたから……彼女の安全を優先したから、連れていかなかったんでしょう？」

「それは言い訳だ」

「そんなことはありませんよ」

「そんなことあるよ。俺は……最低だ。俺の子供を産んだ女が、必死で子供を育てて生きている間、俺は能天気にここで暮らしてたんだから」

　自分を責めずにはいられない双葉を見て、眉をひそめる。どんな慰めの言葉も思いつかない。せめて一人ではないと感じて欲しくて、迷いながらも双葉の肩に腕を回し、二の腕をそっと撫でてやった。

　日頃から肉体労働に携わっている双葉の肩は男らしく、二の腕もしっかりとした筋肉がついていたが、なぜか頼りなく感じる。坂下よりも力はあるはずなのに、今は震える子供のそれだ。まるで小さな弟でもあやすように、無言で撫で続けるだけしかできない。

「先生。こんなことになるなら、多恵と寝るんじゃなかった」

双葉らしくない言葉に、思わず手を止めた。地面を睨むように見ている双葉の横顔は険しく、拳は強く握り締められている。

「俺、多恵のことは同士みたいに思ってた。でも、あっちは違うって……。多恵のところを去ろうとした時、もう二度と会えないなら一晩だけでいいから自分を愛してくれって言われたんだ。感謝の気持ちが少しでもあるなら、お金のやりとりのないセックスをして欲しいってさ。だから、俺は最後の夜に、多恵と……。やるだけやって捨てたのと同じだよ」

見たこともない女性だが、彼女がどんな人物なのかわかった気がした。

親の借金を返すために水商売に足を突っ込み、たくさんの男たちに躰を売った。辛いことも多かっただろう。そんな彼女が、想いを寄せる相手が自分に気がないとわかっていながらも、一夜限りの夢を望んだ。

双葉のしたことが、果たしてよかったのか坂下にはわからない。だが、坂下には彼女は後悔していないと思えてならなかった。

最後に双葉が彼女にしたことは、間違ってはいない。

「彼女はそんなふうには思ってませんよ。そんなふうに思った方が、彼女が可哀相《かわいそう》です。心を籠めて抱いたんでしょう？　大事に、抱いたんですよね」

「先生……」

少しは届いただろうか。

双葉を見ると、その表情には複雑な色が浮かんでいた。

「先生。俺、やっぱりまだそんなふうには思えない」

「双葉さん……」

おもむろに立ち上がった双葉を見上げ、もう一度自分の思いを口にする。

「双葉さん。今は元気を出してなんて言えないけど、でも……っ」

「ごめん、先生」

坂下の言葉を遮った双葉は、それだけ言い残して歩き出した。その背中は『一人にしてくれ』と訴えており、追うことができない。

しかし、これだけはわかって欲しくて、立ち去るその背中に呼びかける。

「俺を頼りにしてください。自分を責めて、一人で思いつめたりしないでください！」

どこまで自分の言葉が届いたのかわからなかったが、双葉の姿が見えなくなるとベンチに腰を下ろし、深々と俯いて溜め息をついた。しばらくそうしていたが、背後に感じる人の気配に気づいて顔を上げる。

「斑目さん」

呼ぶと、植え込みがガサッと音を立てた。出てきたのは、斑目だ。

「先生の目は後ろにもついてんのか」

坂下は、少しだけ笑った。

斑目はタバコを咥えると隣に座り、夜空に向かって煙を吐いた。明るい月に照らされたそれは、まるで深海にいるクラゲのように漂い、やがては消える。

儚《はかな》さすら感じるそれに見入っていると、少しだけ落ち込んでいた気持ちが浮上したような気になってきた。

「先生。先生まで一緒になって落ち込んじゃ駄目だろうが」

斑目の言う通りだ。

坂下は自分にそう言い聞かせた。自分まで暗い気持ちになってはいけない、と……。

「小田切の野郎は、多恵って女に惚《ほ》れてたんだろうな。だから、彼女を置いて一人で逃げた双葉が許せねぇんだよ」

「でも、それは彼女の安全を思ってのことでしょう?」

「だが、あいつの耳にはそんな言葉は届かねぇよ。結果的に、女にガキができてシングルマザーになったんだ。父親の双葉が、今の今までそのことを知らなかったってだけで、十分憎むべき対象になる」

「確かに、そうかもしれません」

「幼馴染みってことは、随分昔から惚れてたんだろうな。小田切自身、まだ女の死を乗り越えられないんだろうよ。だから、双葉を憎むんだ。そうやって、辛さを紛らわせようとしてる。ガキだよ」

逆を言えば、双葉を憎むことでバランスを保たずにはいられないほど、彼女を愛していたということだ。しかし、それではなんの解決にもならない。

「どうしたら……」

言いかけた時、斑目の手が背中に伸びてきた。軽く叩かれ、先ほど自分が双葉にしたように言葉ではなく触れることで慰めようとしてくれることに、心が温かくなる。

手のひらは、なんて優しいのだろう。

「なんとかなるさ」

「そうですよね。なんとかなりますよね」

「ああ。双葉は強い。俺たちもいる」

その言葉を信じたかった。信じるしかなかった。

しかし、その思いも虚《むな》しく、小田切は双葉の息子の居場所を教える前に完全に街から姿を消した。


街に不穏な空気が流れ始めたのは、双葉に子供がいるとわかってから、三週間ほどが過ぎてからだった。相変わらず双葉は小田切や自分の子供の居場所を捜す毎日で、ほとんど仕事には出ていないようだ。

しかし大した収穫はないようで、その表情に明るさが戻ることはなかった。

「三人組の男が双葉さんを捜しに……？」

待合室から呼ばれた坂下は、男から聞いた話ににわかに不安を覚えた。詳しい話を聞こうと聴診器を肩にかけ、診察室を出て男のところへ行く。待合室で時間をつぶすために頻繁に顔を見せるこの男は、双葉や斑目のこともよく知っている人物だ。

「ああ。目つきの悪い野郎たちでよぉ。警察関係じゃないのは確かやな。雰囲気が違う。あれは俺らみたいな肉体労働やってる人間だよ」

「それで、双葉さんがこの街にいるって言ったんですか？」

「いや。そんな男知らねぇって言った。なんかワケアリな感じがしてなぁ。言わん方がいい思ってな、いい感じはせんかったし」

男の言葉を聞き、安堵した。気を利かせてくれたことに感謝する。

「双葉の野郎もこのところ見ねぇしな。斑目もなぁ～んか忙しくしてるみてぇだし、なんかあったんか？」

「ええ、ちょっといろいろと」

「いろいろってなんだよ？」

言うべきかどうか迷っていると、玄関のドアが開く。

「お。斑目じゃねぇか。久し振りだな」

「よぉ、あんたか」

斑目がだらしなくズボンのポケットに手を突っ込んだまま、診療所へと入ってきた。外は随分冷えるのだろう。厚手の上着を着ていても寒そうだ。

斑目はストーブの周りでおとなしく暖を取っている男たちの間に入っていき、ゆっくりとしゃがみ込んだ。そして、何度も擦っては炙るようにして、手を温める。

「斑目さん。双葉さんを捜しに三人組の男が来たそうです」

「ああ。俺もさっき別の奴から聞いた。この辺りにいる奴に聞いて回ってるみてぇだな。おそらく、双葉を追ってたっていう連中だ」

斑目の声は落ち着いていたが、楽観できる状況ではないことはわかっていた。もう何年も経っているのに、執拗《しつよう》に双葉を追い回す理由はなんなのだろうか。

漁船時代に何があったのかまでは知らないが、ただならぬ事情が隠されているのは否定できない。にわかに立ち籠める暗雲に、坂下は不安を覚えずにはいられなかった。

「双葉さんに知らせないと……。双葉さんとは連絡取れますか？」

「毎日夜には宿に戻ってきてるからな。連絡はつくが、それより双葉がこの街にいることが奴らにバレるのは時間の問題だぞ」

坂下も懸念していたことをはっきり言葉にされ、避けられないことなのだと思い知らされた。

診療所に来る人間なら、いくらでも協力してくれるだろう。だが、街には常に人が出入りしている。街の人間全員に口止めするのは不可能だ。

名前を知らなくても、三人組の男が双葉の写真を持っていればアウトだ。

「おいおい。なんか物騒な感じになってきたんじゃなかとか？　どうしたとや？」

他の連中も身を乗り出して聞き出そうとするが、斑目が神妙な面持ちで男の好奇心を削ぐ。

「助けが必要な時は言うよ。今はあまり騒ぎ立てたくねぇんだ」

「あ、ああ……。わかったよ」

男は「すまんかった」と小さく言ってから、尻を床に戻した。

「先生」

診察室へ促され、黙ってついていく。

ドアを閉めると、斑目は坂下がいつも座っている椅子に腰を下ろし、坂下が患者用のそれに座った。いつもと違うからか、少し違和感があり、坂下は自分の中にある不安をより意識させられた。

「嫌な予感がするな」

「ええ。でも、どうして今頃……」

言いかけて、一つの可能性を疑わずにはいられなかった。斑目と目が合い、同じことを考えているとわかったが、その考えを否定する。

「でも、まさかそこまでするなんて……」

「いや、小田切は双葉のことを憎んでる。事情も詳しく知ってるみてぇだしな。双葉を追ってる奴が誰なのか調べて、そいつらにここを教えた可能性は高いぞ」

坂下は、反論できなかった。

憎しみは人を鬼に変える。

そう思いたくはないが、双葉に摑みかかった時の小田切の剣幕を思い出すと、斑目の言うことに同意せざるを得なかった。事実がどうであれ、小田切にとって双葉は、自分の幼馴染みを孕《はら》ませて捨てた男なのだ。

「先生。診察時間が終わったら、宿に来てくれ」

「わかりました」

それから坂下は、時間いっぱいは診療所を訪れる患者を診たり雑用を片づけたりして普段通りに仕事をした。診察時間を過ぎようとする頃、急患が来て、出かけようとしていた坂下は脱いだ白衣にもう一度袖《そで》を通す。

足を滑らせて転んだ男は、廃棄されていた鉄の資材でざっくりと足の裏を切っており、局部麻酔をかけて五針縫った。しっかりと消毒をし、ガーゼと包帯で傷口を覆って清潔を保つよう念を押してから帰らせると、診療所を出て斑目の泊まっている宿へと向かう。

「遅くなってすみません。双葉さんは？」

「まだだ」

斑目が寝泊まりしているのは、二段ベッドが壁際に二つ並んだ四人部屋の上段だった。カーテンで仕切られるようになっているが、男二人で入るには狭く、二人で外に出た。

しばらく宿の前の階段に座ってタバコを吹かしていたが、双葉はなかなか戻ってこない。

「双葉さん、遅いですね」

「ああ。駅まで見に行ってみるか？」

「ええ、そうしましょう」

帰りが何時になるかわからない双葉を駅まで迎えに行っても無駄かもしれなかったが、ここでただ待つよりマシだと思い、斑目と二人で歩き出した。

宿から駅までは人通りの少ない道も多く、この時間でも静かだった。まだ角打ちで飲んでいる男もいるが、明日の仕事に備えて早めに寝る人間も多く、外を歩いている者はほとんどいない。ホームレスのダンボールハウスをときどき見かけるだけだ。

寒い季節になると、この辺りの夜間の景色は物寂しげなものになる。特に今夜は、星どころか月さえも確認できないほどの分厚い雲に覆われているため、不気味さすら感じられた。

と、その時だった。

遠くの方から、何やら物騒な物音が聞こえた。人の怒鳴り声と呻き声。揉み合っているような気配も感じた。

「今の聞こえました？」

「ああ、あっちだ。——行くぞ！」

「はいっ！」

斑目が音の方に向かうと、坂下もすぐさまそれを追った。冷えた空気を白く濁しながら走り、物音のした場所を探す。激しく揉み合い、抵抗する男の声は、段々近づいてくる。

そして、狭い路地に入った時、坂下は目を見開いた。

「——双葉ぁ！」

斑目の声が闇に響く。

双葉が、目出し帽を被った三人組の男に襲われていた。

斑目の怒号に驚いたのか、三つの影はすぐさま飛びのいて近くに停《と》めてあったミニバンに乗り込んだ。ナンバーを見ようとしたが、泥で塗りつぶされているうえ街灯も少ないため読めない。急発進したミニバンが悲鳴を上げながら走り去った後に残されたのは、ゴムの焦げたような嫌な臭いだ。

「大丈夫かっ！」

「……ぅ……っく」

双葉は額から血を流していた。苦痛の表情を浮かべ、呻き声を漏らすのを見て、心臓が冷えた。とりあえず、耳から血が出ていないかを確認する。

「ここじゃ暗すぎます。斑目さん、診療所に運びましょう」

「大丈、夫……」

「いいからおとなしくしてください」

「先生の言うことを聞け、双葉」

斑目の言葉に観念したのか、双葉は素直にその肩を借りて立ち上がった。診療所へ連れていくと診察室に運び、ケガの状態を診る。

殴られてはいたが、一週間もすれば元通りになる程度のケガで特に骨折などの症状は認められず、坂下は胸を撫で下ろした。だが、三人の男に襲われたことを考えると、今、双葉が置かれている状況は思ったよりずっと悪いと言わざるを得ない。

「もう、大丈夫っすよ。先生」

双葉は、いつもの双葉だった。

ちょっとした失敗でもしたかのように、軽く笑みを浮かべている。だが、目の横の青黒く変色した部分は隠しきれず、切れた唇も少し腫れていて痛々しいありさまになっていた。

あの時、双葉を迎えに駅に向かってよかったと心底思った。

目出し帽を被っていたことやミニバンをすぐ近くに停めていたこと、駆けつけた時の状況から、男たちが双葉を車に連れ込んで拉致《らち》しようとしていたと予想できる。あのまま待っていたら、双葉は連れ去られていただろう。双葉に何をしようとしていたのか、そう考えただけでぞっとした。

「あいつらはマグロ漁船時代の知り合いか？」

治療を終えた双葉に、斑目が静かに問う。

双葉は黙って頷いた。

「どうして執拗にお前を追うんだ？　漁船時代に何があった？」

これまで触れなかったことをはっきりと聞くのは、悠長なことを言っていられない状況だからだ。これ以上、一人で抱えさせるわけにはいかない——斑目からは、そんな強い意志が感じられた。そして坂下も、斑目と同じ気持ちだ。

双葉がマグロ漁船に乗り込むきっかけとなったのは、父親の作った借金だ。海を回避するマグロを何ヶ月も、時には何年も追う漁船に乗り込むことが、当時の双葉が取ることのできる唯一の手段だった。

しかし、借金の取り立てから逃げてきたはずの双葉は別の男たちに追われることになった。

なぜ、そんなことになってしまったのか——。

「お前が乗ってた漁船ってのは、どんなふうに最悪だったんだ？」

「どんなって……」

双葉は歯切れが悪く、すぐに話そうとはしない。けれども、これ以上黙っていることもできないと悟ったのだろう。

真実は、本人の口からポツリポツリと語られ始めた。

双葉が最初に目を疑う光景に出くわしたのは、船に乗って三ヶ月ほどが過ぎてからだ。双葉と同じ一般船員として乗り込んできた若い男が、船の幹部で冷凍長の柏木《かしわぎ》という男に風呂《ふろ》場で犯されていた。刑務所のように男ばかりが詰め込まれる場所では、そういったことが起きるのはなんとなくわかっていたため、驚きはあったものの柏木に気づかれる前に身を隠したのだという。

幸い、双葉が見たことはバレなかった。

双葉も若かった。自分の身を護るので精一杯で、見て見ぬふりを決め込んだ双葉を誰が責められるだろう。警察の手も届かない海の上だ。しかも相手が幹部となると、口を出せるはずもない。

しかしそれから半年後、双葉は再び驚くような光景を目にする。男しかいないはずの漁船に、女の姿を見たのだ。

彼女は船長を始めとする幹部のための一人部屋のある廊下を歩いており、双葉に見られたことに気づくと中国語らしい言葉を残してすぐに部屋の中に姿を消した。

まだ十六、七の幼さの残る少女が最初から船に乗っていたのか、それとも途中に立ち寄った港から乗り込んできたのかはわからない。はっきりしているのは、ただ一つ。

彼女がなんのために乗せられたのか——。

想像もしたくない。まさに鬼畜のやることだ。

それでも双葉はだんまりを通し、できるだけ関《かか》わらないようにしていたという。

しかし、ある日。それすらもできなくなることに遭遇した。

「奴ら、麻薬の密売に手を貸してたんだ」

「麻薬の密売？」

物騒な言葉に、坂下は思わずその言葉を繰り返してしまっていた。少女が船に乗せられていたことを含めて考えると、ヤクザと繋がっていたことが想像できる。

もしかしたら、麻薬を運ぶ報酬の一部として女をあてがわれたのかもしれない。一人っ子政策により、一九八〇年代から一九九〇年代にかけて戸籍のない子供——黒孩子《ヘイハイツ》が、貧しい農村部から何人も連れ去られ、闇で売り買いされていたという話は坂下も聞いたことがあった。

考えたくはないが、ヤクザが関わっていたとすればそれらの線は繋がる。

「あいつらは、マグロに麻薬を隠して運んでた。たまたま冷凍室のドアが開いてて、中に入ったんだ。馬鹿だよな。深く考えもせずにいろいろ見て回ってさ、白い粉の入った袋を見た時、やばいと思ってすぐに外に出た」

昔を思い出しているのだろう。その視線はすぐ足元に落とされていたが、遠くを見るようだった。

「でも、ネックレスを落としたんだ。冷凍長に呼び出されて、『お前のだろう』って。もう言い訳できないってわかってさ、躰を使った。わかる？　あいつが男もいけるってのは知ってたから、俺も仲間に入れてくれって言ったんだ。あとでわかったんだけど、冷凍長は男もいけるんじゃなくて、女が駄目だったんだよ。でも、そのおかげで俺は特別に仲間として認められた」

微かに口許を緩めて話をする双葉を見て、胸が痛くなった。こんなことは忘れたいに違いない。誰にも言いたくなかったに違いない。

それでも話してくれていると思うと、自分がなんとか力にならねばと思った。

双葉を追う男たちの手から、双葉を護りたい。いや、護りたいのではなく、必ず護ってみせる――坂下は自分の中でそう決意を固めた。それは、容易には崩れない確固たるものだ。

「だから、わざとケガをしてまで船を？」

「ああ。下りた後、麻薬取締局に垂れ込みして逃げた」

「それで、そいつらは捕まらなかったのか？」

黙って聞いていた斑目が、腕を組んだまま険しい顔で低く問う。

「わからない。でも、証拠不十分で不起訴だったんだと思う。麻薬は海に捨てたのかも。女もどうなったかわからないんだ。でも、すぐに奴らに追われることになったからさ、服役してないのは確かだ」

話は終わったかに思えたが、双葉は他にもまだ不安材料が残っているという表情をしている。言おうか言うまいか迷っているようだ。

「どうした？」

「あと一人、麻薬の密売に手を貸していた奴がいる。船長の弟なんだけど、俺を捜してた中にはいなかった。声からして、俺を襲ったのは南場船長と柏木冷凍長、それと柳田《やなぎだ》一等航海士だけだ。それに、俺の腕を摑んだ南場船長の親指がなくなってた」

坂下は斑目と目を合わせた。

「繋がってたヤクザに落とし前をつけさせられたな」

斑目がサラリと言う。

「お前を追ってる連中は、相当酷い目に遭《あ》ったってことだ」

斑目がそう言うのもわかる気がした。

親指を失うのと、その他の指を失うのでは大きな違いがある。親指がないと、自由度は格段に悪くなるのだ。ヤクザが指をつめさせる際、小指や薬指にするのは慈悲だという者もいる。

つまり、真っ先に親指を落とさせたのは、容赦ない制裁だということだ。

「まさか双葉さん、ヤクザにも追われてるんですか？」

「タレコミしたのは俺だけど、ヤクザが動いてるなら、俺はとっくに見つかってたと思うからそれはないんじゃないかな。もともと俺を仲間に入れたってことは内緒にしてたみたいだから、言えなかったのかも。それが原因で密輸がバレたわけだし、余計怒りを買う可能性もあったんだと思う」

「そう考えるのが妥当だろうな。それに関しちゃ、ラッキーだ。だが、姿を見せない弟ってのが気になる」

斑目の言葉に、坂下は頷いた。

ヤクザに殺されたのか、ここに来られないような躰になったのか、それとももっと別の理由があるのか――。

少なくとも、双葉に復讐《ふくしゅう》する気がなくてここに来なかったなんて楽観的に考える気にはなれない。

「どちらにしろ、あの男たちに捕まったら双葉さんは嬲《なぶ》り殺しにされるって思った方がいいですね」

事態の深刻さを物語るように、遠くの方で空の唸り声が聞こえた。窓にはまだ雨粒はついていないが、まるでこれから嵐《あらし》が来るというようなその音に、不安をかき立てられる。よくないことが起こりそうで、闇に潜む得体の知れない獣の息遣いを感じずにはいられない。

それから坂下たちは、双葉を一人にしないようにした。

常に斑目と行動をともにし、できるだけ人の少ない場所には行かないように心がけ、街の連中にもある程度事情を話して双葉の身辺に気をつけるよう頼んだ。自分の子供の居場所を知りたい双葉にとって、行動に制約ができるのは焦れったいことだっただろうが、できる限り斑目も息子捜しに協力していたため、じっと耐えるように淡々と日々を過ごす。

さすがにここまですると南場たちは手を出せないようで、何事もなく一日、また一日と過ぎていった。何度か見慣れない三人組の目撃情報は入ってきたが、坂下は一度もその姿を見ることなく、十日ほどが過ぎる。

この手を使えばしばらくは双葉の安全を確保できると思っていたが、そんな矢先、事件は起きた。

坂下がドンという地響きを伴う音に叩き起こされたのは、診察室でウトウトしていた時だった。否応なく心地好いまどろみを遮られ、何事かと思って立ち上がる。

(何……っ⁉)

二階に駆け上がり、窓に飛びつくようにして外を見た。すると、闇の一部が赤く染まっているではないか。そちらの方からは男たちの声も聞こえ、ただ事でないと判断した坂下はすぐさま階段を駆け下りて白衣のまま現場に向かった。

炎の上がっている場所を目指して走っているうちに、段々と状況が見えてきて心臓がうるさく跳ねる。

斑目と双葉が泊まっている宿だ。思っていたよりも火の手は大きいらしく、男たちの慌てふためきながら逃げる声が聞こえてくる。

そして、路地を曲がって現場が目に飛び込んできた時、坂下は予想以上の惨状に言葉を失い、目を見開いた。

(酷い……)

建物の一部は破損し、火の手が上がっている。ただの火事ではなく、何か爆発が起きて火が燃え広がったようだ。炎は闇を舐めるように、一階部分からその赤い舌先を出して上へ上へと向かっている。

火は隣接する建物にも燃え移り始めており、中からは人が次々と出てきた。

この辺りの宿は安いぶん、通路や廊下は狭く作られている。しかも、一つの部屋に何人も詰め込まれて生活しているため、一斉に逃げ出せばパニックを起こすだろう。

実際、中から出てくる男たちの顔には恐怖が貼りつき、我先にと飛び出す者も少なくなかった。

「斑目さんっ、双葉さん！」

建物に向かって呼んだが、答える声はない。逃げろ逃げろという街の男たちの声が聞こえるだけだ。そうしている間にも中から次々とケガ人が出てきて、坂下は我に返った。

足をもつれさせながら逃げてきた男が、地面に倒れ込んだのが見える。

自分がすべきことは何か考え、二人を捜したい気持ちを押し殺してケガ人の救助を始めた。

「大丈夫ですかっ？」

「痛ぇよ」

「横になってください。今、診ますから。どこが痛いんです？」

「目……と、喉……」

おそらく煙でやられたのだろう。しきりに咳き込み、苦しそうにしている。

男を道端に移動させて座らせるが、そうしている間にも道路はあっという間に人で溢れ返った。

あちらこちらから呻き声があがり、現場は騒然とする。爆発の衝撃でケガをした者もいれば、熱風で火傷を負った者もいるようだ。煙を吸い込んで目や鼻の粘膜をやられてしまい、苦しんでいる者もいた。

（駄目だ。俺一人じゃ……追いつかない）

一人できることは限られており、坂下は自分に向かって助けを求めるケガ人にろくな手当てをしてやれないことが歯痒かった。遠くの方から救急車のサイレンが聞こえ、ようやく自分が一一九番通報をしていなかったことに気づく。

落ち着け……、と自分に言い聞かせ、一度深呼吸をした。

「ケガをしている方は、こっちへお願いします！　意識がはっきりしない人がいたら、協力して連れてきてください！　みんな手伝って！」

無事だった人間に声をかけ、次々に指示を出して症状の重い者から診ていった。救急車が到着して中から救急救命士たちが出てくると、すぐに駆け寄って手伝いを申し出る。

「こっちです。ケガ人はこちらに並ばせてますのでお願いします」

「状況は？」

「爆発が起きたみたいです。煙を吸い込んだ人は、あの辺りに座らせました。俺は医者なので手伝えます」

「診療所はこの近くですか？」

「はい。うちで引き受けられる患者は運んでいただいて構いません。ただ、人手が……」

「じゃあ、とりあえずあなたはここで手伝ってください。診療所には軽傷の患者だけ行ってもらって、あとは搬送します」

ケガ人の数は想定以上で、救急車で運ばれる人もいれば、その場で応急手当てをされる人もいる。待たせて大丈夫だと判断した者は、診療所で待つよう指示を出した。

「先生っ」

呼ばれていくと、運び出された男が意識朦朧《もうろう》としているのが見える。バックバルブマスクという手動の人工呼吸器を借り、気道を確保して口腔《こうこう》から鼻腔を手で覆い、酸素を入れた。

「すみません、この人もお願いします！」

呼吸が安定してくると、男をそのまま救急車に乗せて病院に送り出す。

「おいあんた、なんとかしてくれ！」

背後で男の叫び声が聞こえ、救急車を見送った坂下はそちらに目をやった。

若い救急救命士が、道路の上で苦しそうにしている男の処置に当たっていたが、この混乱とすぐ近くで燃え盛る炎に冷静さを失っているようだった。

その表情には焦りの色が浮かんでいる。新人なのかもしれない。

「俺も手伝います」

「お、お願いします」

近づいて様子を見ると、男には傾眠が見られた。声をかければ答えるが、今にも気を失ってしまいそうだ。

「う……っ」

男は、いきなり嘔吐《おうと》した。吐瀉《としや》物で気管が詰まらないよう体勢を変えて全部吐かせる。しかし、状態はよくならない。声をかけてもなかなか答えてくれないが、心窩《みぞおち》部の痛みを躰で訴えていた。

（もしかして……）

坂下の脳裏に一つの可能性がよぎる。

その時、建物の裏の方から斑目と双葉が出てくるのが見えた。

「先生」

「斑目さん、双葉さん……っ」

斑目の姿を見て、自分が新人らしき救急救命士と同じようにパニックに陥りかけていたことに気づいた。こんなことではいけない――もう一度、落ち着くよう自分に言い聞かせる。

「あ、あなたは？」

「俺も医者だよ。今あれこれ言ってる場合じゃない。人命優先だ。先生、どんな様子だ」

坂下はこれまでの様子と現在の状態を説明した。すると、斑目も坂下と同じ意見だと言う。

「外傷性の心タンポナーデの可能性がある」

「やっぱりそう思いますか」

「運ぶぞ」

救急車内に移し、エコーで内臓の状態を診たが、思っていた通り心臓と心膜の間に血液らしい影が映っている。心臓を覆う心膜との間に、血液が溜まって心臓を圧迫し、血液を押し出せなくなっているのだ。一刻も早く、心膜との間に溜まった血液を出さなければならない。

斑目は手を消毒してラテックス製の手袋をすると、すぐさま心嚢《しんのう》ドレナージの準備を始める。

「ここでやるんですか?」

「ああ、診療所に運んでる暇はない。バイタル頼むぞ。エピネフリン用意しとけ」

「はい」

酸素マスクを装着させ、輸液の確保をすると、血圧や呼吸などを見て患者の状態を把握しながら処置を始める。心窩部辺りを切開し、そこからカテーテルを挿入して直接血液を外に出すのだ。

その時、斑目が外に向かって叫んだ。

「おい、双葉！　何しやがる！」

「中にまだ人がいる！」

双葉は、水を頭から被って中へと飛び込んでいった。道が狭く、大型の消防車が奥まで入ってこられないために消火活動が遅れているのだ。火を消すより逃げ遅れた人を避難させた方が早いと思ったのだろう。

しかし、水を被っただけで防火服すら着ていない状態で飛び込むのは危険すぎる。

「――くそ！」

双葉を止めようにも今ここを離れるわけにはいかず、斑目は自分の仕事に集中するしかなかった。

「先生、急ぐぞ」

「はい」

双葉はなかなか出てこなかった。火はさらに燃え広がっているのがわかる。

（駄目だ。集中しろ）

局部麻酔をし、切開した場所から針を挿入する。心膜に届くまで慎重に行わなければならないが、斑目は正確に、かつ素早くそれを行う。針が心膜に届くと、カテーテルを通ってたまっていた血液が流れ出した。かなりの量だ。

心拍数が戻ってくると、チューブは挿入したまま固定する。

「これでいい。あとは病院に運んで処置だ。頼むぞ」

言うなり、斑目は手袋を外して車内のゴミ箱に捨て、先ほど双葉がしたように水道の水をバケツに溜めて頭から被った。

「斑目さん、何するんですか！」

「先生はケガ人を頼む。大丈夫だよ、すぐ戻る」

「斑目さん！」

そう言った時には、遅かった。

斑目は、闇を舐めるように炎が上がっている建物の中へと入っていく。追いかけようとしたが、目の前にはまだたくさんのケガ人がいる。斑目と双葉の身を案じながらも、痛みを訴えて自分に縋《すが》りつくケガ人たちを放ってはおけなかった。

「先生……っ」

また、ケガ人が坂下のところへ運ばれてきた。逃げ道を失い、二階から飛び降りて逃れてきたが、その時に脚を負傷したようだ。

「大丈夫ですよ。大丈夫。そのまま動かないでください」

「痛ぇ……っ」

足首の辺りが痛むと言っているが、骨折などはしていないようで、診療所の方で待機させることにする。

「ここが落ち着いたらすぐに診療所に戻りますから、少し待っててください。すみませんが、冷蔵庫の中に冷却ジェルが入ってますから、足首を冷やしてあげてください」

つき添っていた男にそう頼むと、ケガ人の男と目を合わせ、自分の言う通りにすれば大丈夫だと伝えるために頷いてから別のケガ人のもとへ向かった。まだ火は消えないのかと焦れったく思うが、状況はよくなるどころか悪化しているように見える。

空気が乾燥しているため火の手が回るのも速く、燃え広がらないようにするので精一杯だ。

「危ない！　場所を移動してください！」

顔を上げた瞬間——。

「うわ……っ」

熱風と衝撃。

坂下は地面に倒れた。辺りの物音が、一斉に消える。

おそらく、火事の熱でガスボンベが破裂したのだろう。

耳鳴りがし、フィルターをかけたかのように遠くの方から音が聞こえてきて、まるで夢を見ているような妙な感覚に襲われた。目の前に広がる慌ただしい光景が現実のものなのかわからず、別の場所からそれを見ているように感じる。

「——く……っ」

起き上がろうとしたが、すぐに躰が動かず呻き声が漏れるだけだ。

『大丈夫ですかっ？』

駆けつけてきた救急隊員に呼びかけられるが、やはり声は遠くにいるようにしか聞こえなかった。何度も呼びかけられているのがわかっても、返事ができない。

爆発の衝撃のせいだ。

『しっかりしてください』

肩を貸してもらってなんとか立ち上がり、建物から離れた場所へ移動した。周りにはたくさんのケガ人がいて、救急隊員に何か訴えているのがわかる。

それらを呆然と見ていると、次の瞬間、聴覚が戻った。

「大丈夫ですか！」

「――っ！　……大丈夫、です」

静かな場所からいきなり喧騒の中に放り出されたようだった。今まで聞こえなかった音が一斉に襲ってきて、圧倒される。

「気分は悪くないですか？」

「はい、平気です」

「どこか痛むところは？」

「いえ、ないです」

救急隊員に自分は大丈夫だと伝えるために何度も頷き、落ち着いて自分の状態を把握しようと努めた。

聴覚がおかしかったのは、一過性のものだ。

吐き気もなく、耳も痛くない。

大丈夫だと、自分でもう一度確認する。

しかし、爆発が起きる寸前、斑目が建物に飛び込んだのを思い出した。

（斑目さん……っ）

血の気が引き、そちらへ目をやるとちょうど双葉がケガ人を連れて、斑目の飛び込んでいったのとは別の方から出てくるのが見える。

「双葉さん！　斑目さんはっ⁉」

「見てないっす。やっと出てきたんだけど、斑目さんまさか……中に……？」

再び勢いを増す炎。

坂下は、水を被ると中に向かおうとした。しかし、それに気づいた消防隊員に止められる。先ほどは斑目の進入を許したが、さすがにこれ以上勝手なことをさせるわけにはいかないといったところだろう。

「危ないです、下がって！」

「中に人が……っ、人が入っていったんです！」

「わかってます！　我々がなんとかしますので、どうか下がってください！」

「斑目さん！　斑目さん……っ！」

「下がって！　下がりなさい！」

「――斑目さん……っ！」

坂下は、必死で叫び続けた。

消火活動の邪魔になるだけだと言われ、ようやく後ろに下がるが、それでも斑目の名前を叫ぶことをやめることはできなかった。

叫びすぎて喉が痛くなり、微かに血の味がした。

もうこれ以上声など出せないほどになると、荒い息をしながら燃え続ける建物を見る。炎に包まれたそれは坂下の目には斑目を呑み込んだ怪物のように見え、憎しみさえ感じてしまっていた。

『大丈夫だよ、すぐ戻る』

斑目に言われた最後の言葉が脳裏に蘇り、坂下は無意識に胸の辺りをまさぐっていた。手に触れるのは、斑目に貰ったホイッスルだ。おっちゃんの形見であるお守りとともに、いつも首からかけている。

そんなはずはない。斑目がこんなにあっさり死ぬなんてあり得ない。これまで幾度となく危険な目に遭ったが、そのたびに斑目は切り抜けてきた。

克幸が来た時も、増水した川に落ちて濁流に呑み込まれたが、あの時も生きていたではないか。何事もなかったかのように、姿を現したじゃないか。

そう何度も自分に言い聞かせて、頭に浮かぶ最悪の状況を必死で打ち消す。

「早く……、……早く火を……消してください……」

祈るような気持ちで絞り出し、その場にへなへなと座り込んだ。力が抜け、立ち上がることすらできず、両手を地面について深く項垂《うなだ》れる。

けれども、その時だった。

「人がいるぞ！」

消火活動をしていた消防隊員の声がしたかと思うと、人影が中から出てきた。炎を背にして、人を担いで出てくる。

「斑目、さん……」

すぐに消防隊員が駆けつけ、担がれているケガ人を下ろして運び、斑目を安全な場所に避難させようと誘導している。

斑目は生きていた。

消防隊員に何か言ってから、しっかりとした足取りでこちらへ歩いてくる。声も出せず、自分の方へ近づいてくる斑目をじっと見上げていると、斑目は目を細めて笑った。さすがに肝が冷えたのか、その笑みには無謀だった自分への反省の色が窺《うかが》える。

しかし、幸運にもほとんど無傷だった斑目の台詞は相変わらずのものだ。

「大丈夫だよ。俺が先生を置いて死ぬわけねぇだろうが」

斑目の向こうで、建物の屋根が大きな音を立てながら焼け落ちるのが見えた。

「これで大丈夫です。痛み止めを出しますから、痛む時は飲んでくださいね」

診察室で軽い火傷を負った患者にそう言うと、薬の準備にかかった。三日ぶんを渡したいところだが、男の懐事情も考えて半分にして足りなくなったらまた来てもらうことにする。無駄な金を使わせないのも、ここでは大事なことだ。

「泊まる宿はあります?」

「ああ、別のところにまだ空きがあったからよぉ。そっちに行くよ」

「そうですか。それならよかったです。清潔が第一なので、それだけは十分心がけてくださいね。それから仕事も二、三日は休んでください」

「二、三日かぁ。まぁ、しょうがねぇなぁ」

男は困った顔をしたが、自分を納得させようとしているのか何度も頷いた。そして、特診用の書類に記入してから足取り重く帰っていく。

最後の患者を見送った坂下は、溜め息をついてから診察室に戻ってカルテを仕上げた。そして、メガネを外して目頭を揉みほぐし、天井を仰ぐ。

疲れていた。

鉛を詰めたように、躰が重い。立ち上がろうという気になれず、首を回して凝りをほぐしてから今度は机に俯《うつぶ》せる。

あれから消防が現場を見たところ不自然な点があり、双葉は思い当たる節があると言って警察に事情を説明に行った。明日になれば、さらに詳しく現場検証がされるだろう。証拠が出てくるかどうかはわからないが、ただの事故とは到底思えない。

考えられるのは、南場を始めとするあの三人が双葉を狙い、事故を装って爆発を起こした可能性だ。

斑目たちが双葉にぴったりついていたため、手が出せなかった。だから、双葉の泊まっている宿ごと狙ったのだ。南場たちにとっては、街の連中がどうなろうとも知ったことではない。目的はただ一つ。双葉を殺すか、炙り出して自分たちの手で制裁を加えるかだ。

どのくらい経っただろうか。眠りに落ちようとしていた坂下は、人の気配に気づいた。

「！」

顔を上げると、斑目が診察室のドアのところに立って坂下を見ている。

「斑目さん」

「よぉ、先生」

斑目は軽く足を引きずっていたが大きなケガはなく、あの後もケガ人の応急処置を手伝い、随分と活躍した。

一時はどうなるかと思った。死んでしまったかもしれないと絶望に見舞われた時のことを思い出し、斑目の顔を見ていると段々腹が立ってくる。無事だったからよかったものの、あんな真似をするなんて信じられない。もっと自分を大事にして欲しい。無茶なんかしないで欲しい。

坂下は、外したメガネをもう一度装着した。

「双葉さんの側にいなくていいんですか？」

「もう戻ってるよ。だが、一人にしてくれだと。四六時中、俺といるのもうんざりだろう」

「一人にして大丈夫ですかね」

「一人っつっても宿にはいるからな。それに、あんな事故を起こしたばかりだ。現場検証もまだやってるから、今は奴らもこの辺りをうろつくのは危険だとわかってるよ」

確かに、斑目の言う通りだと納得した。それなら、今夜くらいそっとしておいた方がいいのかもしれない。双葉とて、誰とも話したくない気分になることもあるだろう。

今、双葉に必要なのは、友人の助けではなく時間なのだと自分に言い聞かせた。そして斑目に目をやり、眉間《みけん》に力を入れる。

「どうした？」

「あんなふうに飛び込むなんて……」

斑目は口許を緩めた。ゆっくりと診察台の上に腰を下ろし、坂下のことをじっと見つめてくる斑目を睨んだが、優しげな目に先に視線を逸らす。

怒っているのだ。あんな危険な真似をして、命を危険に晒して、心配させて、心底怒っている。それなのに、斑目は心配されて嬉しそうな顔をしている。

坂下は、椅子を反転させて斑目に背中を向けた。

「先生、こっち向いてくれよ」

「い、忙しいんです」

忙しいなんて嘘だ。もうカルテも書き終え、あとは戸締まりをして二階に行くだけだったのだ。それは、斑目にもわかっているだろう。

背中に斑目の視線を感じて、いたたまれなくなった。こんなことなら、無防備に背中なんか向けるんじゃなかったと後悔する。斑目の姿は見えないのに、視線だけ感じているのはむず痒くてならない。どんな顔をして自分を見ているのだろうと想像し、羞恥心が大きくなっていくのだ。

「悪かったよ。もう二度と危険な真似はしねぇよ」

「信じられませんね」

強く言うと、背後で斑目の気配が動いた。近づいてきたのかと思ったが、どうやらまだ診察台に座っているようだ。

ゴクリと唾を飲み、机の上を凝視し続ける。

「あの爆発は双葉を狙ったもんだって可能性が高い。もし、死人なんて出ちまったら、双葉は今よりもっと責任を感じる。双葉が落ち込んだら、先生も悲しむだろうが」

確かにその通りだ。

坂下は、反論できなかった。

「先生の泣き顔は見てぇが、悲しむ顔は見たくねぇからな。だから、がんばったんだよ」

相変わらずふざけた言い方をしているが、それが斑目の本音だろう。いつも影で支えてくれていることを改めて痛感させられ、こういうところが好きなのだと思った。男としての器や度量、人としての大きさを感じる。

同時に、いつも支えられてばかりの自分を不甲斐なく思わずにはいられない。

「でも、危険を冒して斑目さんが死んだら意味がないじゃないですか」

「俺は死なねぇよ。約束する」

坂下は言葉を奪われた。

振り返り、余裕の笑みを浮かべる斑目を見て胸が締めつけられたようになる。まさに、燃え盛る手で心臓を鷲摑《わしづか》みにされたのと同じだ。

そんな約束しても必ず守れるとは限らないが、言い切ってくれるだけでもいい。薄っぺらい約束ではないと信じられるのは、それを守るために斑目が全力を尽くしてくれるとわかっているからだ。地を這うような思いをしても、坂下に立てた誓いを守り抜こうとするだろう。

それほどの決意を、サラリと口にしてしまえる斑目に気持ちが溢れる。

「無事でよかったです」

坂下は椅子から立ち上がると斑目に近づいていき、自ら唇を重ねた。少し厚めの斑目の唇は坂下を受け止めると、軽くついばむように応えてくれる。

無事でよかった。本当によかった。

斑目が建物に入っていった後の爆発を思い出し、よくほとんど無傷でいられたものだと感謝する。その思いは坂下の躰を熱くし、昂ぶらせた。

熱い吐息を堪えきれず、こめかみに唇を落としてボサボサの髪の毛を撫で回す。

「……どうしたんだ、先生。今日はサービスいいじゃねぇか」

「もう、あんな真似しないでください。生きた心地がしなかったです」

「悪かった。謝るよ、先生」

白衣の中に手が伸びてくると、自分がそれを待っていたのだと思い知らされた。

斑目に触れられるのを、待っていた。

熱い手のひらで躰を撫で回され、少しずつ火を放たれながら坂下もまた、斑目の頭や耳許へと唇を押し当てていく。愛撫すればするほど、自分が感じてしまうのはどうしてだろうか――。

そんな戸惑いは、さらに坂下を大胆にした。

「ぁ……っ」

「先生、やりてぇのか?」

「はぁ……っ、……ぁ……っ。斑目さん……」

「ケガぁしてんだ。今日は先生が乗ってくれ」

自分で動けないほどのケガではないが、坂下は黙って斑目の前に跪《ひざまず》き、斑目のズボンの上から中心をゆっくりと撫でた。恥ずかしい気持ちと、大胆な自分への驚き、そういった状況にいっそう躰が熱くなっていく。

見上げ、斑目のズボンをくつろげると、すでに隆々としている屹立に下着の上から触れてやんわりと握った。

坂下がどうするかをじっと見つめる視線に晒されながら、慣れない行為を進めていく。雄々しくそそり勃《た》ったものは硬く、手で握ると坂下の求めに応えるようにドクンと脈打った。ゆっくりと擦り、先端のくびれを指で確かめて下着の中からそれを取り出す。

そして、幾度となく自分を啼かせてくれた斑目をなんのためらいもなく、口に含んだ。

「うん……、……ん」

斑目のそれは、大きかった。

形を確かめるように丹念に舌を這わせていくのだが、いつしか夢中になり、目を閉じてむしゃぶりついていた。口いっぱいにほおばり、舌を絡ませては吸い、溢れる甘い蜜の味を堪能する。

　唇の間から漏れる熱い吐息は、坂下の本音を吐露していた。

「先生。いつから……そんなに、はしたなく、なったんだ？」

　揶揄されるが、構わず愛撫を続ける。斑目のそれは口の中でいっそう大きくなっていき、太い血管が浮き出たような裏筋の凹凸《おうとつ》までもがはっきりとわかるほどになっていた。微かな牡《おす》の匂いも、坂下を興奮させる手助けをしている。

「はぁ……っ、……ぅん……、ん……、ぅん……」

　夢中になりすぎたのか、唇の端から唾液がツ……、と伝って落ちた。それを指で拭われ、指の腹で唇を嬲られる。斑目の指が舐めたくなり、欲望に従った。

　指は太く、かさついていたが、日頃から肉体労働をしている男の手は自分にはない無骨さゆえの色気があった。働く者の手だ。幾度この手に悪戯《いたずら》をされ、何度絶頂に導かれただろうと思うと、いとおしさが込み上げてくる。

「ぁ……ん……、ぅん……っ、……んんっ」

　戯れるように自分の指をしゃぶらせる斑目に煽られ、坂下は大胆に舌を絡ませた。こちらも忘れるなというように屹立に促された時は、リードされるばかりでなく、自分もこの男を喘がせてみたいと思った。

　それが叶《かな》うのなら、女になってもいい。

顔を上げると、斑目は余裕のある笑みを漏らしながら坂下を見下ろしている。

「斑目さんが、欲しいです」

口をついて出たのは、信じられない言葉だった。


自分が斑目をリードする——斑目の上着を剝ぎ取り、診察台に上がるよう促した坂下は、自分で取ってきた軟膏《なんこう》のチューブを斑目に渡した。ズボンの前をくつろげ、もろ肌脱いだ状態の男の躰に目を奪われながら、自分もスラックスの前をくつろげて下着ごと膝まで下ろす。

「ここに、塗ってください」

診察台の上で膝立ちになってそう言うと、いつもと違う坂下に驚きもせず、斑目は挑発的な笑みを漏らしてみせた。

「積極的だな、先生」

「ほら、塗って」

黙って、と言うように耳許で囁くと、斑目は言われた通り自分の指に軟膏を出してから後ろに手を伸ばしてくる。

「はぁ……っ」

蕾《つぼみ》に触れられた瞬間、坂下は唇をわななかせた。大胆な振る舞いに似合わずそこはまだ固く閉じており、指の侵入さえ拒もうとしている。いくら斑目を喰いたいと思っていても、躰の方はそうはいかない。

心はこんなにも濡れているのに、幾度となく男を咥え込んでも貞淑な固さを忘れないそこに、焦れったさにも似た思いを抱いた。斑目が面喰らうほどリードしたいのに、そう簡単にはいかない。

それでも、指は徐々に坂下の中の女を目覚めさせていった。指を出し入れされても苦痛の声が漏れなくなってきて、その代わりに空気を揺らしたのは甘い嬌声《きようせい》だ。

指で秘壁を擦られるたびに疼《うず》きは少しずつ大きくなっていき、吸いつくようにほころび始める。

「あぁ……、……あ、……はぁ……っ！」

快楽の片鱗《へんりん》が見えると、微かに香る淫蕩な誘惑に手を伸ばすようにそれを求めた。ひとたび姿を現したそれは急激にその存在を大きくしていき、ようやく喉を潤せるほどの砂漠のひと滴でしかなかった朝露は、今は快楽の海となって坂下を襲う。

「はぁ……っ、……ぁああ、……あ……ぁ……」

指を引き抜かれると、主導権を渡したくなくてもう一度軟膏のチューブを持たせた。

「まだ……たくさん、……たくさん、塗ってくだ、さ……、——ぁ……っ！」

「挿れさせてくんねぇのか？」

「まだ……、駄目……まだ……、です、——ぁあ……っ！」

軟膏を足した指を二本に増やされ、坂下はいっそう狂わされた。

あんなに固く閉ざしていた蕾は、今や男を喰い尽くしてきた娼婦《しょうふ》のそれのようにしっとりと濡れ、逞《たくま》しい男根を欲していた。

もう、我慢できないと……。

坂下は無言で斑目の肩を押して仰向《あおむ》けに寝るよう促すと、素直に従う男を見下ろし、白衣もシャツも身につけたまま下だけ脱ぎ捨てて屹立をあてがった。そして、徐々に腰を落としていく。

「——ぁ……っ」

「先生……」

坂下の方から呑み込んでみせようとするのが信じられないのか、驚きとまではいかないまでも、斑目は意外そうな顔をしてみせた。その表情がたまらなくよくって、息を上げながらさらに腰を落としていく。

「……っく、……ぅ……っく、……ぁぁ」

斑目の手が腰に伸びてくると、そこから肌が波打ったようになり、言葉では形容し難い快感に躰を震わせた。そして堪えきれなくなった坂下は一気に腰を落とす。

「――ぁあぁ……っ」

深々と呑み込み、涙を滲ませながら喘ぐように息をした。

腹の中で、灼熱《しゃくねつ》が蠢いている。

男を咥え込んだ躰は悦びに濡れ、さらに欲深くなっていくようだ。躰の奥に巣喰う得体の知れない魔物が足りないと訴えるまでに、時間は必要なかった。

「ぁ……、……はぁ……っ、……っく」

自分の中にいる斑目をしゃぶり尽くそうと、坂下はゆるゆると腰を前後に揺らした。それを助けるように、斑目の手がシャツの上から脇腹をゆっくりと撫で回して坂下を煽る。

斑目を締めつけているのが、自分でもわかった。

久々の男を堪能しようとでもいうのか、そこは浅ましく収縮し、快楽を与えてくれるものを放そうとはしない。

コツが摑めてくると、腰を使いながら斑目を見下ろし、舌先で唇をチラリと舐めてみせた。

「先生に、そんな目で……見られると、燃えるよ」

斑目の言葉に、火がついたのは言うまでもない。

もっとこの男を翻弄し、喘がせてみたいと思った。大胆に喰い締め、はしたなく腰を振る自分の姿をもっと見て欲しかった。

今日はいったいどうしたのだろうと己の変化に驚きながらも、その欲求に抗《あらが》うことができず、腰に添えられていた斑目の手をそっと握ってシャツのボタンを外すよう促した。

すると、斑目は坂下の求めに従う。

「ぁ……っ」

ゆさゆさと腰を動かしながら、坂下は一つずつボタンを外していく手の動きに集中した。自分の躰がその視線に少しずつ晒されていくのがわかり、昂ぶりを抑えられない。ボタンがすべて外され、胸元が露わにされると快感に躰を震わせた。けれども、まだ足りないと自分の奥で声がする。

「ぁ……、……ん」

坂下は斑目の指を舐め、たっぷりと唾液《だえき》を纏わせるとそれで胸の突起をいじってくれと誘導した。視線を合わせたまま、ここをこんなふうにいじってくれと、斑目の指に自分の指を絡めて尖った部分に刺激を与えてくれるよう催促する。

「ぁあっ、あ、あ……っ」

太くてささくれのある無骨な手は、ツンと尖った胸の飾りに辿《たど》り着くなりそこを酷く苛《さいな》み始めた。こんなに尖らせていやらしい奴だとばかりに、何度もきつくつねってみせる。

そんなやり方に、坂下の躰は陸に打ち上げられた魚のようにビクビクと跳ねた。そしてそのたびに、斑目をきつく締めつけてしまう。

だが、それでもまだ足りない。

もっといじって欲しい。

自分でも信じられないほどの強い欲求に駆り立てられ、坂下はもう一度斑目の指を舐めると、そこを突き出すようにしてさらなる愛撫を求めた。そして自分でも、はしたなく尖らせた部分を刺激してみせる。

斑目の指と自分の指で交互に嬲られるそこは、より敏感になっていき、赤く充血した。まるで神経を剝き出しにされたかのように、感じやすくなっている。

「ぁ……ん、……ぁあ、……あぁぁ……っ、――はぁ……っ！　……く、……んぁああ」

しっとりと汗ばんだ肌を晒しながら、痛みと快楽の狭間《はざま》で揺れ続ける坂下は、これまでになく大胆だった。

「先生……っ」

「ぁあ……、……はぁ……っ、……斑目さん……っ」

「こんな先生は、……初めてだよ。……すぐにでも、……出ちまいそうだ」

「まだ、……まだです、……もっと……」

「……っく、……締めすぎだ、先生。たまんねぇよ」

「あ、あぁ……、……んぁあ」

「きれいだぞ」

躰が熱くなればなるほど口寂しくなってきて、坂下は自分の指を噛んでそれを紛らわせた。自分はいったいどうしてしまったのだろうと思う。浅ましい欲望がとめどなく奥から湧き出してきて、坂下を突き動かしている。

理性など、その片鱗すら見当たらない。

「――んぁあ！」

力強く突き上げられるのと同時に、歓喜に塗《まみ》れた声が漏れた。尻が痙攣《けいれん》したようになり、限界に近いことを悟らされる。

坂下は、胸の突起をいじり回す手を今度は尻へと誘導した。そして、斑目の手に自分の手を重ね――強く握って欲しい――ぎゅっと握ってそう強く訴える。

「なんだ、乱暴なのがお望みか？」

「斑目さ……、……早く、……ぁあ、あ、あっ！」

もっときつく摑んで揺すって欲しかった。斑目の揶揄にすら感じてしまうほど昂ぶっているのは隠せず、斑目を躰で感じる。

次第に高みが近づいてきて、坂下は荒い吐息を漏らしながら斑目を見下ろした。視線を合わせたまま獣じみた行為に興じていると、まるで自分が斑目を犯しているような気がしてくる。

「いいぞ、先生。いい眺めだ。……先生っ」

「斑目さん……っ、あ、あっ、……ぁあ」

診察台がギシギシと音を立てて、二人の激しい行為を暴露していた。壊れてしまうのではないかと思うほど激しく突き上げられ、限界がすぐに近づいてくる。

「あ、あ、あっ」

「俺も……っ、限界だよ、……先生っ」

「んぁ、ぁあ、――ぁああ……っ！」

屹立を握られ、坂下は掠《かす》れた声をあげながら斑目の手の中に欲望の証《あかし》を放った。


翌朝、目覚めた時は布団の中だった。

すぐに頭が働かず、横になったまま畳のささくれを眺め、再び降りてくる睡魔に身を任せようとする。しかし、辛うじて二度寝をする前に気がついた。

太陽は、すでに高い位置から街を見下ろしている。

「あ、診察……っ」

飛び起きようとしたが、躰がついてこずに布団に足を取られて転んだ。隅に寄せておいたちゃぶ台の脚に額をしたたかに打ちつけ、何をやっているんだと涙目になりながら慌てて下着を身につけてからシャツに袖を通す。

申し訳程度に顔を洗い、適当に歯を磨いてから寝癖のついた髪はそのままにメガネをかけて階段を下りていくと、すでに一階は仕事にあぶれたオヤジ連中で溢れ返っていた。

「おー、先生。寝坊か～」

「昨日は大変やったのう」

坂下が下りてきていないことなど誰も気にしていないようで、あくびを噛み殺しながら辺りを見回す。

「えっと……患者さんは……？」

「斑目先生が診ちょるぞ～」

「先生やと！　斑目先生やと！　がははははは」

診察室の中を覗くと、斑目が白衣を羽織って患者の包帯を替えていた。昨日の事故で火傷を負った男だ。

「おー、先生。起きたか？」

斑目が言うと、男が振り向いて透き歯を見せて笑う。

「なんじゃ～。まだ眠そうな顔してから～。お日さんはとっくに空の真上じゃぞ」

「す、すみません。すっかり寝過ごしてしまって」

「先生は事故現場で働いた上に、夜中まで患者の治療してたからな。疲れてんだよ」

「先生は大変じゃのう」

「まぁ、……はは」

実は斑目に跨《また》がっていたなんて言えるはずもなく、苦笑いで誤魔化《ごまか》した。まさか、昼過ぎまでぐっすり寝込んだ理由が他にもあるとは、誰も思っていないだろう。

斑目がニヤニヤと笑っているのもいけない。こういう嘘をサラリとつくことができずに、目許が熱くなってしまう。

「ほら、もう行っていいぞ」

「痛ぇ！　火傷の場所を叩くなよ。斑目ぇ、おめーは乱暴なんじゃ」

「文句言う元気があるなら平気だよ」

「そんじゃあ先生。あんまり無理すんじゃね～ぞ～」

男が出ていくと、まるで自分がここの医者だとばかりに診察室に居座る斑目に視線をやった。目が合い、慌てて逸らすが、今さらそんなことをしても無駄だ。

気まずくて、少し離れた距離にある診察台に腰を下ろす。

「平気か？」

「何がです？」

「あんだけ暴れたんだ。座ってんのも辛いんじゃねぇかと思ってな」

昨日のことを思い出しているのか、斑目はふと口許を緩めて坂下が腰を下ろしているものを意味深に眺めた。

昨日、散々愛し合った診察台だ。

深く考えもせず座ったことを後悔するが、今さら立ち上がるのも恥ずかしく、昨夜《ゆうべ》の記憶が色濃く残るものの上で斑目の視線に耐えることにする。

「ところで、双葉さんは？」

「……ああ。一度宿に行ってこっちに来るよう誘ったんだがな。同室の奴に目を離すなって頼んどいた」

「やっぱり、双葉さんを狙った爆発だったんでしょうか」

「まぁ、間違いねぇだろうな。警察の話だと、不審な点があったらしいからな。調査が進めば詳しいことがわかってくるだろうが、このタイミングで偶然別の誰かがわざわざあんなボロ宿を破壊するなんて楽天的すぎる。あれは双葉を狙った犯行だよ」

「まだ一人にしておいた方がいいんですかね」

坂下は、軽く溜め息をついた。

双葉の屈託のない笑顔を見られるのはいつになるだろうかと考えるが、そう簡単なことではないだろうと思わざるを得ず、気持ちは沈んでいく。

死人こそ出なかったものの、今回のことで双葉は責任を感じ、これまで以上に自分を責めているだろう。

その日暮らしの男たちにとって、日銭を稼ぐことができないのはかなりの痛手だ。坂下よりも長くこの街にいる双葉の方が、実感としてわかるはずだ。

自分も被害者だなんてことは、なんの慰めにもならない。

双葉には、無関係な人間を巻き込んでしまったという事実だけが重くのしかかっているに違いない。

そう思うと、坂下は眉をひそめずにはいられなかった。

「あとでもう一回様子を見てくるか」

「その時は俺も行きます」

「ああ。先生の顔を見たら、少しは元気になるかもな」

そうであればいいのだが。

大事な友人を思い、少しでも元気になってくれと心の中で願う。

その時だった。慌てた様子で駆け込んでくる足音が聞こえ、それはすぐさま診察室へと向かってきた。ドアが勢いよく開いたかと思うと、診療所の常連が顔を覗かせる。

「斑目っ、いるか！」

「どうした？」

「こ、これ……っ」

慌てた様子で男が持ってきたのは、小さな紙切れだった。渡されたそれを見た斑目の表情が険しくなる。

「どうしたんですか」

「双葉の野郎」

絞り出すように放たれた斑目の言葉から、深刻な事態だとすぐにわかった。手元を覗き込み、紙に書かれている内容に硬直する。

『話をつけてくる』

たったそれだけだったが、双葉が誰のところに何をしに行ったのかはわかる内容だ。そんな危険な真似をするなんて、よほど思いつめていたのだろう。

「すまん。俺がちーっと目ぇ離した隙にどっか行っちまいやがってよぉ。なんや深刻そうな顔しよったが。本当にすまん」

「いや、俺が油断してたんだ。あんたは気にすんな」

困った顔をする男の背中を叩いて慰めるが、斑目の険しい表情が変わることはなかった。

「話をつけに行くって……どこに」

「さぁな。双葉も今奴らがどこにいるか正確には知らねぇだろう。だが、昔の知り合いだ。どうにかして連絡を取ろうとするだろうな」

斑目が白衣を脱いで、出かける準備をする。

「俺も行きます」

「いや、先生は診療所に残れ」

「でも……っ」

「双葉の居場所を奴らに教えたのは、間違いなく小田切の野郎だ。小田切なら奴らの居場所を知ってる。小田切が見つかったら連れてくるから、それまで先生はここにいろ」

斑目はそう言ったが、小田切は双葉に子供の存在を教えて以来、まったく姿を見せていないのだ。双葉がショックを受ける顔を見て、もうこれ以上双葉に関わる必要はないと思ったのだろう。

そうなら、手がかりはないに等しい。小田切を見つけるなんて、砂漠の中から一粒の砂を捜し出すようなものだ。

「どうやって小田切さんを捜すんですか？　一刻の猶予もないんですよ？」

「わかってるよ、そんなことは。だが、今はそうするしかねぇだろうが」

任せろ、とばかりに肩を叩かれ、今は言う通りにするしかないと、診療所で待っていることにする。

「お願いしますね。斑目さん。小田切さんを見つけたら、引きずってでも連れてきてください」

坂下は祈るような気持ちで、診療所を出ようとする斑目に声をかけた。すると待合室でスルメを齧《かじ》っていた男が頭を上げ、のほほんとした口調でそう言った。

「小田切なら、さっき見たぞ〜」

まさかと思うが、冗談を言っているようには見えない。

坂下は慌てて男に駆け寄った。

「どこにいたんです⁉」

「昨日の爆発現場。事故処理やっとるのをじっと眺めよったがなぁ」

坂下は、斑目と顔を見合わせた。今ならまだ間に合う。

「先生、行くぞ！」

「すぐに戻ります！」

待合室の連中にそう言うとスリッパを脱ぎ捨てて自分の靴に足を突っ込み、事故現場に駆けつけた。

黒く燃え残った建物は損傷が激しく、辺りはまだ焦げ臭さが漂っていた。昨日の凄絶《せいぜつ》な現場の様子が思い出され、無意識に眉をひそめてしまう。

小田切の姿はなかった。さすがにいつまでもここに立ち尽くしているわけはないかと思うが、落胆している場合ではない。

「まだこの近くにいるはずです」

「ああ。手分けして捜すぞ。俺はあっちへ行く」

「じゃあ、俺は公園の方へ……」

言いかけて、斑目の向こうに見える男の姿に言葉を失った。

不機嫌そうな顔でこちらを見ている。

「小田切！」

斑目が叫んでも、小田切は逃げようとはしなかった。ジャンパーのポケットに手を入れたまま、まるで二人を待っていたというように立っている。

坂下たちはすぐさま小田切のもとへ駆け寄った。

「何しに来た？」

「何って……ニュースで爆発事故があったって見たからな」

「どうして？」

「俺のせいだからだよ」

目に焼きつけようというように、小田切の視線が事故現場の建物に注がれる。

「奴らに……双葉が乗ってたマグロ漁船の幹部たちに双葉の居場所を教えたのか？」

「ああ、そうだよ、――ぅぐ……っ」

「――斑目さん！」

次の瞬間、小田切は地面に倒れていた。容赦ない斑目の鉄槌《てっつい》に唇は切れ、血が見る見るうちに溢れ出す。殴り返すかと思ったが、小田切は血の混じった唾を地面に吐き捨てただけだ。

現場検証をしている捜査員の数人が、何事かと坂下たちの方を気にし始めていた。

このままここで話を続けるのは得策でないと思い、肘で合図する。

「話がある。診療所へ来い」

斑目が乱暴に小田切の胸倉を摑んで無理やり立たせると、素直に立ち上がって深く俯いたままボソリと呟《つぶや》いた。

「悪いと思ってるよ。俺が……俺があいつの居場所を教えたせいで、こんなことに。他の連中を巻き添えにするつもりは、なかったんだ」

「そんな言い訳が通用すると思ってんのか？　いいから来い」

声を抑え、小田切を促すと三人で歩き出す。事故現場の捜査員が三人を見ていたが、声をかけてくることはなかった。


それから坂下は、小田切を連れて斑目とともに診療所に戻った。

幸い、治療を待つ患者は午後からいなかったため、暇つぶしで集まってきた連中には帰ってもらった。全員がいなくなると、いつもは騒がしい待合室も静かになる。

小田切は待合室のベンチに座り、坂下と斑目は少し離れたところに立って俯いて座る男をじっと眺めていた。二人の視線を浴びながら、小田切は前屈《まえかが》みのまま呟く。

「街の奴には悪いと思ってるけど、双葉って野郎には悪いとは思ってねぇから」

「そんなに双葉を恨んでんのか？」

「当たり前だろ！」

弾《はじ》かれたように顔を上げ、斑目に訴えるその目には、怒りしかなかった。双葉だけでなく、双葉に味方する人間すらも敵だと言わんばかりの強い視線だ。

「あいつは、多恵を孕ませて捨てたんだよ。多恵が苦労してたのも知らねぇで、こんなところでヘラヘラしながら過ごしてたんだ。あいつが笑ってる顔を見ただけで、あいつが幸せそうにしてるだけで、はらわたが煮えくり返るよ。虫唾《むしず》が走るんだ」

幸せそうにしている姿を見て虫唾が走るなんて、その恨みは相当根深いものだ。長年積み重ねてきた感情があるのだろう。

けれども、小田切は間違っている。

坂下は、双葉に対する恨みの念を吐くだけの男を見ながら静かに言った。

「……甘ったれなんですよ」

自分でも驚くほど冷たい声だった。だが、これが坂下の本音だ。大の大人がいつまでもウジウジしているのを見ると、いい加減にしろと言いたくなる。

「なんだと？」

不機嫌そうな顔をされるが、睨まれても今の言葉を否定するつもりはない。

「聞こえませんでした？　じゃあもう一度言ってあげますよ。小田切さんは甘ったれなんです」

「てめぇ！」

「――小田切っ！」

胸倉を摑まれても、坂下は怯《ひる》まなかった。

斑目が二人の間に割って入り、小田切を制するが、斑目がいなくても坂下は小田切を睨み続けただろう。それほど怒っているのだ。

小田切の怒りも大きいらしく、坂下の胸倉から手を離そうとはしない。

膠着状態が続く。

「双葉さんばかりを責めてますけど、小田切さんはいったい何をしてたんですか？」

「どういうことだよ？」

「多恵さんって人のことを子供の頃から好きだったんでしょう？」

「あんたには関係ない」

「いえ。ありますよ。子供の頃から好きだったから、ずっと彼女を見守ってきたんですよね。だから彼女が死んだ後、彼女が愛した男がどんな人なのか見に来たんですよね」

「だったらなんだよ」

「自分の甲斐性のなさを……彼女を支えてやれなかったことに対する自分への怒りを、双葉さんを恨むことで誤魔化そうとしてるんじゃないですか？」

小田切の眉間がピクリと動いたのを、坂下は見逃さなかった。目を逸らしたのも、坂下の言ったことが図星だという証拠だと確信する。

小田切は、苦しそうに眉をひそめながら言葉を探しているようだった。

「い、言いたいことはそれだけかよ？」

「――甘ったれるな！」

坂下は自分の胸倉を掴む小田切の手をはねのけると、今度は逆に自分が小田切に掴みかかった。斑目に止められるかと思ったが、坂下に任せた方がいいと判断したのだろう。一歩下がって傍観を決め込む。

「彼女が親の借金を抱えて水商売に手を出した時、あなたは何も言わなかったんですか？」

「もちろん言ったよ。助けてやりたかった。だけど多恵が、俺には迷惑かけられないからって……。そういう女なんだよ、多恵は」

「そういう女？」

「ああ。昔からそうだったんだよ。自立心が強くて、誰の手も借りない女だった。自分も大変だってのに、双葉って奴を匿って……」

坂下は、その言い分を聞いているうちにますます怒りが込み上げてきた。

やはり、小田切はただの甘ったれだ。言い訳ばかりし、自分の思い通りにならないことはすべて他人のせいにして自尊心を保っているただの子供にすぎない。

何が『そういう女』だと、馬鹿馬鹿しくて坂下は思わず鼻で嗤った。

「だから、彼女の愛した双葉さんを恨むんですか？」

「違う。あいつが多恵を捨てたから」

「そうじゃないでしょう！」

静まり返った待合室に、坂下の声が響く。

「結局、最後まで幼馴染みとしてしか見てもらえなかったことに対する辛さを、双葉さんを責めることで癒《いや》そうとしているだけじゃないですか。好きになってもらえなかった恨みを双葉さんにぶつけてるだけでしょう。だから彼女もあなたを男としてじゃなく、ただの幼馴染みとしてしか見られなかったんですよ。小田切さんだって、本当は気づいてるくせに」

思っていることをすべて口にすると、小田切は目を見開いた。坂下の剣幕に押されたのではない。気づこうとしなかった――いや、気づかないふりをしてきた己の本心を目の前に叩きつけられたからだ。

「反論できねぇみてぇだな」

黙りこくった小田切に、斑目が言う。

小田切は唇を噛んで床を凝視し、動かなくなった。拳が強く握り締められているのがよくわかる。震える拳に、悔しさが滲み出ているのは否めない。

「……そうだよ」

ようやく聞き取れるほどの小さな声が漏れたかと思うと、次の瞬間、小田切は悲痛とも取れる叫び声をあげた。

「そうだよ！　俺は……っ、俺は最後までただの幼馴染みでしかなかった！　支えたかった。俺が……っ、俺があいつを支えたかった。護ってやりたかった！　それなのに……っ」

ぐっと声を詰まらせ、喘ぐように息をする小田切を見ていると、どれだけ多恵という女性のことを想っていたのかよく伝わってくる。小田切は、本気で彼女を愛していたのだ。彼女がこの世を去ってもなお、愛し続けている。

「どうして、俺じゃないんだ。どうして、あんな奴に多恵は……。あの双葉って奴が……あいつとの間にできた子供が支えになってるのが、悔しかったんだよ！」

「ようやく自分の間違いを認める気になったか？　だったら、双葉を捜すのを手伝え」

頭を抱える男に、斑目は容赦なく言葉を浴びせた。今は、同情し、感傷に浸っている暇はないのだ。

「なんのことだよ?」

涙声で言いながら、小田切は斑目を見上げた。

「あいつは、今回の事故の責任を感じて、南場って男たちに話をつけに行った。このままだと、双葉は殺されちまうかもしんねぇだろうが」

途端に、その表情がこわばる。

「まさか、自分から会いに行くなんて……そんな、あり得ねぇよ。誰が巻き添えを喰らうかわかんねぇのに、あんな事故を偽装するような連中だぞ。死にに行くようなもんだ」

小田切は双葉のことをよく知らないのだ。信じられないのも無理はない。けれども坂下たちにはよくわかる。双葉はそういう男なのだ。いつも能天気に笑っているが、責任感が強く、自分のせいで他人が傷ついて平気でいられるような人間ではない。

わかっていた。

そういう男なのだと、わかっていた。

それなのに、双葉が一人で南場たちと話をつけに行く可能性を少しも疑わなかった自分が腹立たしくてならなかった。

斑目も同じなのだろう。己に対する苛立《いらだ》ちを隠せないまま、小田切の胸倉を摑んで問いつめる。

「つべこべ言わずにあいつらのところに案内しろ。連絡先を知ってるならそれでもいい。とにかく、双葉が南場たちと接触する前に俺たちが止める」

「すぐには連絡なんかつかねぇよ。俺だって、南場を捜すのに苦労したんだ」

「どうやって南場たちと接触したんだ？」

斑目の問いに、小田切はそれまでの経緯を話し始めた。

遠洋マグロ漁船の停泊する港といえば気仙沼《けせんぬま》などが有名だが、小田切はまず多恵から聞いた話も交えて大体の場所を特定すると現地へ行った。そして、元マグロ漁船の船員の双葉洋一を捜していると言い、隠れて撮った双葉の写真をその辺りに停泊している船の漁師やその周辺にばらまいたという。

なるほど考えたものだ。

双葉を捜している南場たちの耳に入れれば、自分たちが追っている男を捜している人間に興味を示して出てくるだろう。

小田切が双葉の敵だったとしても味方だったとしても、利用する価値がある。

小田切の思った通り、写真をばらまいて数日もしないうちに南場たちから捜しに来たのだという。遠洋からは引退して水産加工工場で働いていたというのだから、すぐに耳に入ったのだろう。

「あいつ、マグロ漁船に乗ってた時は偽名を使ってたんだな。俺が本名で捜してたから、南場たちは、何か情報を持ってるんじゃねぇかと思って俺に接触してきたんだよ。それで、どうして捜してるんだって聞かれて、本当に捜してるのは双葉洋一じゃなく、双葉洋一を追っている男だって言った。あいつを恨んでるからあんたたちを捜してたって。そして、この街にいるって教えた」

そこまで言うと、小田切は思いつめた顔をして一度口を噤《つぐ》んだ。そして、嚙み締めるように静かに続ける。

「南場たちは、あいつを漁船に乗せるつもりだ」

「え……」

「俺のところに来た時、知り合いが幹部をしてる遠洋マグロ漁船が近々船を出すんだって言ってたんだ。既に話はついてるともな」

「それってどういうことです？」

「海の上だ。治外法権みてぇなもんだよ。そいつが南場たちと同じ悪党なら、双葉を太平洋のど真ん中に捨ててくるくらいのことはするだろうよ」

斑目が腕を組んで難しい顔で言った。そんなことがあっていいのかと思うが、絵空事だと言う気にはなれない。

坂下も、裏社会の人間がしていることを垣間《かいま》見たことはある。

金のためにヤクザの下で働き、違法な手術や臓器売買に手を貸す医者。坂下を手に入れるために、克幸はドラッグを使って街を出た男を操った。

自分の目的のためなら、違法なことでも簡単に手を出す人間はいる。

一度船に乗せてしまえば、どうにでもできるだろう。

「俺はなんてことを……」

心底後悔しているのが、声からわかった。自分がどれだけ愚かだったのか、噛み締めているのだろう。しかし、今は自責の念に駆られている暇はない。

「行きましょう。今ならまだ間に合います」

「俺も行く。俺なら、南場たちの顔も漁港の場所もわかる。住んでる場所もな」

「じゃあ、お前も来い。あいつらの外見も詳しく教えてもらわねぇとな」

それから坂下たちはワンボックスカーを借りて、現地に向かうことにした。斑目がハンドルを握り、坂下は助手席に乗って移動を始める。

「……俺のせいだ。俺が、変な復讐心なんか出したから」

後部座席に座った小田切は、頭を抱えるようにして絞り出すように言った。

「終わったことです。もうそのことについていろいろ言うのはやめましょう。小田切さんには、小田切さんの事情があったんです」

「あんた、優しいんだな」

小田切はそう言ったが、自分が優しいとは思わなかった。今、どんなに後悔しても双葉を助けられない。ただそれだけだ。悔やんで自分を責める暇があるなら、双葉を護るために知恵の一つも絞ってもらった方がいい。

「大丈夫だ。双葉を死なせたりしねぇよ」

心強い言葉だ。

斑目に言われると、勇気が湧いてくる。ネガティブな考えは捨てようという気になり、坂下は南場たちの手から双葉を護ることだけに集中しようと思うのだった。

高速を走って数時間。坂下たちは、遠洋マグロ漁船が寄航することで有名なとある港に到着した。

漁港に着いた時は、とっぷり日が暮れていた。

漁港には多くの船が停泊しており、大型船舶の影も見える。海は墨を零したように真っ黒で、月に照らされた世界はまるで影絵のように見えた。また、寄せては返す波の音がこの辺りの静けさをことさら強調しており、幻想的な雰囲気を漂わせている。

湾内には人の姿はなく、一度ぐるりと漁港の中を車で転がしてからそこを出た。特に気になるようなものは見当たらず、南場のアパートに行ってみることにする。

「あの角を右。そのまま真っすぐ行って、突き当たりを左に曲がってくれ」

小田切の指示通りに細い道に入っていくと、年季を感じるアパートが目に飛び込んできた。

辺りには空き地も多く、寂れた印象のある場所だ。

車通りもほとんどなく、あまり近づくと危険だと判断した斑目はアパートから少し離れた場所に車を停めた。小田切が該当の部屋を指差して言う。

「あそこだ。一階の一番奥が南場の部屋だよ」

見ると、部屋の明かりはついていた。カーテンは閉めてあるが、時折人影が動くのが確認できる。中に人がいるのは間違いないようだ。しかし、南場本人とは限らない。

「南場は結婚してねぇのか？」

「独身だよ。でも、女はいるかもな」

「様子を見てきます」

坂下が車を降りようとしたが、後ろから腕を摑まれる。

「俺が行く」

「でも……」

「裏切ったりしねぇよ。それに、あんたこういうことはあんまり得意じゃなさそうだもんな」

揶揄の混じった言い方に、斑目が軽く笑った。そう言われる不甲斐なさを感じながらも、確かにここは小田切に任せた方がいいと素直にその役割を譲る。

「頼むぞ、小田切」

「ああ。任せとけ」

車を降りた小田切は、通行人を装ってアパートに近づいていった。そしてさりげなく辺りに目をやり、あっという間に壁の裏に姿を消す。人通りの少ない道は、小田切がいたことも忘れたかのように、元の風景に戻っていた。

（すごい）

坂下では、ああはいかないだろう。まるで忍者のようだと言いたくなるような、見事な動きだった。

「やるな」

二人は身を屈めて、小田切が戻ってくるのを待った。

「大丈夫でしょうか。見つかったりしないでしょうか」

「さぁな。見つかる時は見つかるだろうよ」

「そんな……」

「俺たちにできるのは、黙って待ってることだけだ」

斑目の言う通りだと、アパートの方に意識を集中させる。

車の中ですら、見つかるのではないかと緊張せずにはいられなかった。いつ南場という男が、車の外から中を覗くだろうかと思うと鼓動が次第に速くなっていく。

緊張のせいで、じっとりと背中に汗が滲んでいた。時間の感覚もなくなり、小田切がアパートの敷地内に侵入してからどのくらい経ったのかも、よくわからなくなる。

遠くの方でバイクの走行音が聞こえた。

門扉の開閉音。チャイム。

犬が吠《ほ》えた。

静かだと思っていたが、こうしていると日常の雑音は意外にあちらこちらから聞こえてくる。寂れたところだが、人の営みは確かに存在していると感じられた。

息苦しさに耐えていたのは、どのくらいだっただろう。

ふと斑目が身じろぎしたかと思うと、屈めていた身を少しだけ起こした。

「出てくるぞ」

窓から外を覗くと、小田切が急いでこちらに向かってくるのが見える。後部座席のドアが開き、小田切が躰を滑り込ませてきて、微かに息を上げながら言う。

「中にいたのは南場だ。間違いない」

「どうしますか？」

「南場の様子はどうだった？」

「くつろいでる様子じゃなかったな。このまま部屋で飯喰って寝るとは思えねぇ。そのうち出かけるぞ」

小田切の言葉を肯定するかのように、南場のアパートに動きが見られた。

「あ、ドアが開きました。誰か出てきます」

小田切の予想通り、作業ズボンに厚手のジャンパーを羽織った男が中から出てくる。

「いい観察眼だな。あれが南場か？」

「ああ」

「先生もよく見とけよ」

「はい」

顔ははっきりと見えなかったが、全体的に印象に残りやすかった。

さすがに遠洋マグロ漁船で鍛えていただけはあり、背はそれほど高くないが、いかつくて筋骨隆々といった言葉がよく似合う。服装は坂下たちの街にいる連中がよく身につけているものと同じで、いかにも漁師といった感じだが、歩き方がヤクザのようだ。スキンヘッドも然《しか》り。眉毛が剃《そ》られていても、驚かないだろう。

携帯電話で話をしながら歩いている南場は、裏稼業に手を染めていそうな雰囲気を醸し出していた。

声も大きく、窓を閉めた車内にも南場の声は聞こえてくる。

「こっちに来ます」

今さら車を移動させるわけにもいかず、このままやり過ごすことにした。しかし、道幅は狭く、南場が車内を覗けばすぐに見つかってしまうだろう。しかも、南場たちが双葉を連れ去ろうとした時、一度接触している。

（頼む……、このまま行ってくれ）

胸の中で心臓が激しく躍っていた。息遣いが聞こえてしまうのではないかと思うほど、自分の呼吸が耳につく。声は、確実に坂下たちの方へと近づいてきた。

『柏木を拾ってからそっちに向かう。例の場所に集合だ』

会話の内容まではっきりと聞こえてきて、心臓が破裂するのではないかというほど緊張していた。米粒ほどの大きさになれたらどんなにいいか。

『中村《なかむら》の奴、まさか自分から会いに来るなんてな。馬鹿な野郎だよ。そこに閉じ込めておけ。俺も今から行く。これでようやく弟の仇が取れるよ』

ゲラゲラと笑う南場の声が近くから聞こえたかと思うと、南場が車のすぐ横を歩いていく。

携帯電話を耳に当て、上機嫌で歩く南場の顔が近くに見えた。

緊張はピークに達するが、南場は車の中に身を潜める三人の男には気づかず、そのまま歩いていく。

声が遠のいていき、もう大丈夫だと斑目が身を起こすとようやく胸を撫で下ろす。

こんなに緊張したのは、久し振りだ。

「小田切。中村ってのは双葉が漁船時代に使ってた偽名か？」

「ああ」

「じゃあ、もう捕まってるってことですか？」

「らしいな。弟の仇が取れるとも言ってたな。やっぱり、姿を見せない南場の弟は、ヤクザに落とし前をつけさせられてんな。双葉への恨みは相当なもんだぞ」

斑目の言葉が重くのしかかった。

話の内容からすると、双葉は捕まり、どこかに閉じ込められている。もしかしたら、拷問のようなことをされているかもしれない。船に乗せて自分たちのしたことを隠すつもりなら、なんだってするだろう。

南場は、アパートから少し離れた空き地へと入っていった。そこには軽トラックが停めてあり、それに乗り込んでどこかへ向かう。

「南場を尾行《つ》けるぞ」

「気づかれませんかね」

「見つかんねぇよう祈ってろよ」

南場のトラックを尾行するのは至難の技だった。車通りが少ないため、少しでも近づくと気づかれる可能性が高くなる。かと言ってあまり車間距離を開けると、今度は見失ってしまう。つかず離れず南場を追うが、何度も心臓が冷える思いがした。

十五分ほど走っただろうか。南場のトラックは、港町にある小さな繁華街へと入っていった。徐行運転を始めたため一度車を停め、小田切が車を降りて追いかけることにする。

が響く。

「見失うなよ」

「ああ、任せろ」

小田切の姿は南場のトラックが入っていった狭い路地に消えた。スナックや居酒屋が多く、カラオケを歌う声がどこからともなく聞こえる。すぐ近くにあるスナックのドアが開き、紫色のドレスを着た中年女性が作業着姿の男たちとともに出てきた。親しげな話し声と笑い声が響く。

五分ほどして小田切が走って戻ってきた。

「柏木も合流した！　港へ行くみてぇだ。車を出してくれ」

「双葉はそこか？」

「多分な。あそこには南場たちが働いてる水産加工工場がある。倉庫もあるし、あの辺りに監禁されてる可能性が高い」

「気づかれてねぇだろうな」

「多分な。それから車に乗り込む直前に、あいつらもう一カ所寄るところがあるようなことを言ってた。よく聞こえなかったけど、合流するまでは柳田って男一人で手薄になってるはずだ」

「それだけわかれば十分だ」

斑目はすぐに車を出し、南場の運転するトラックが路地から出てくる前に港へと車を走らせた。窓の外の景色は、猥雑な繁華街からすぐに海辺の寂れた町のものへと変わる。

ほんの今まで派手なネオンに包まれていたが、今は右手に暗い海が広がり、目の前には一本道が延々と続いていた。

港に着いたのは十分後だ。

まだ南場たちは到着しておらず、港は静かだった。

港から少し離れたところに車を停め、辺りに気を配りながら水産加工工場のある方へ向かう。海からの潮風に、髪の毛をかき回された。

「手分けして捜すぞ。俺は加工工場の方を見てくる」

「はい。俺はあっちの倉庫に」

「その奥にもう一カ所加工工場がある。俺はそっちに行ってみる」

「わかった。三十分後にここに集合だ。先生、無理すんなよ」

こうして三人は、いったん別れて行動開始した。

坂下の向かった倉庫は鍵《かぎ》がかかっており、侵入することはできなかった。窓から中を覗くが、人影は見当たらない。どうにかして二階を覗けないかと見て回ると、外階段が設置してあるのを見つける。

鉄骨の階段は潮風に晒されて随分と錆《さ》びているが、まだ使われているようだ。足音を立てないよう、身を屈めてゆっくりと上っていく。

二階の踊り場につくと、思っていた以上に人目につきやすいことがわかり、身を屈めてドアに手をかける。すると、意外にもそれはなんの抵抗もなく開いた。まるで坂下が来るのを待っていたかのようだ。

（開いた……）

締め忘れなのか、鍵が壊れているのかはわからないが、坂下にとってはラッキーだ。そのまま侵入し、双葉を捜す。

倉庫は、大きな建物の三分の二ほどがロフトになっているような造りだった。二階部分はコンテナのようなものがいくつも積み上げてあり、その間を縫うようにして歩いていった。身を隠すにはちょうどいいが、油断は禁物だと辺りに神経を配りながら捜索を続ける。

ぐるりと一周し、これ以上二階を捜しても無駄だと判断した坂下は、一階に下りていった。一階も二階と同様、だだっ広い場所にコンテナが積み上げてあるだけで、誰かを監禁できそうな部屋はない。隅の方にボードで仕切っただけのような小さな事務所らしき部屋を見つけたが、ドアの窓から中を覗いても何も見つからない。

（駄目か……）

諦めて倉庫を出ようとしたが、ふと目に飛び込んできたものに足を止めた。

コンテナの下にロープが落ちている。何か荷物をくくっていたのだろうかと近づいて拾ってみると、血のようなものがついているではないか。しかも、その切り口はハサミやナイフのような鋭い刃物で切ったものとは違い、何度も擦りつけて削りながらちぎったようになっている。

「これは……」

誰かをここに監禁していた痕跡《こんせき》だった。コンテナの取っ手部分にくくりつければ、ここに拘束することは可能だ。

(双葉さん……、どこに?)

他にも何か落ちていないかと、ロープがあった辺りを捜したが、血痕らしきものが少しあっただけで他に手がかりになるようなものはない。自力で逃げ出した可能性も高いと思い、とりあえず車まで引き返して斑目たちと合流しようとしたその時だった。

背後に、ものすごい殺気を感じた。

「ネズミが一匹紛れ込んどるなぁ」

「!」

聞いたことのない声だった。しかし、低くしゃがれた声はある仕事をしている人間を連想させる。

潮嗄《しおが》れした声。海の男の声だ。

そっと後ろを見ると、親指のない右手が辛うじて見える。

(南場……っ⁉)

逃げようとしたが、走り出す前に鳩尾にものすごい衝撃を受け、息ができなくなる。

「ぐ……っ、……っ、……斑、……さ……」

無意識に助けを呼んだが、最後まで声になることなく坂下は意識を手放した。


気がつくと、コンテナの隙間に押し込まれるようにして坂下は床に横たわっていた。

どのくらいこうしていたのか、躰の芯まで冷えており、躰が小刻みに震える。吐く息は白く、指先の感覚もあまりなかった。

(寒い……)

坂下は後ろ手に縛られていたが、思うように動けないのはそれだけの理由ではない。寒さで躰が固まっているのだ。こうしている間にもコンクリートから冷気が伝わってきて、体温はどんどん奪われていく。なるべく体温を奪われないよう身を起こしたが、それでも寒さはどうすることもできず、身を縮こまらせていることしかできなかった。

しかし、いつまでもこうしているわけにはいかないと思い直し、脱出を試みるべくなんとか立ち上がる。

　コンテナの間から顔を覗かせて周りの様子を見回し、出口を探した。シャッターの横にドアがあるのが目に入り、そちらに向かおうとしたが、外から男の話し声が聞こえる。身を隠すまでもなく、ドアは開いた。

「目ぇ覚めたか?」

　姿を現したのは、南場だった。その後ろには見たことのない男が二人立っている。

　柏木と柳田だ。一人はいかにも漁師といった風体だ。頭のてっぺんが薄く、躰には脂肪がつき始めているが、ただ太っているだけでなく骨太なのがわかる。

　もう一人は細めだが、浅黒く日焼けしていて筋肉質で力がありそうだ。背も高くて、暗い目をしている。

　小田切から聞いていた特長から、禿《は》げている方が柏木で背の高い方が柳田だと予想できた。

「あんた、中村のお友達じゃろう?」

　南場が、坂下を見てニヤニヤ笑いながらさも楽しげに言う。

「双葉さんをどうするつもりです?」

「ああ。本当の名前は双葉じゃったなぁ。お前らのことはよく知っちょるぞ。ずっと見ちょったからなぁ。俺らの邪魔ばかりしやがってぇ。他人の心配より、自分の心配をしたらどうじゃ?　今捕まっちょるんは、中村じゃなくあんたやぞ」

坂下は、無言で三人の男を睨んだ。

この状況では、どうすることもできない。

「中村の野郎、あんたらと随分親しくしちょったみてぇやなぁ。あの斑目って男もボディガードみてぇにぴったりついてからに……。仲良しこよしで羨《うらや》ましいこった」

「双葉さんは、どこです？」

「あんたが来る前に逃げちまったよ」

細身の浅黒く日焼けした男が言う。

坂下は自分の愚鈍さに唇を嚙み締めずにはいられなかった。せっかく双葉が自力で逃げたというのに、坂下が捕まっては意味がない。

「まぁ、そんな顔をするな。お仲間はちゃんと呼び出してやる。ほら、見ろ」

顎をしゃくって外を見ろと合図され、そちらに目をやる。

そこには、坂下たちが乗ってきた車が停まっていた。なぜ……、と南場たちを見ると、勝ち誇ったような笑みを見せられる。

「まさか、中村の居場所を教えてくれたあいつが俺らを裏切るとはなぁ。港の近くにレンタカーが停まっちょった。あれがあんたらの乗ってきた車じゃろう？　どこから俺らを尾行《つ》けてた？　え？」

気づかれていたなんて、とんだ失態だ。レンタカーはナンバープレートを見ればそれとすぐにわかる。寂れた海辺の街では、レンタカーはめずらしいのかもしれない。

「お友達は車がないことに気づいてすぐに来てくれるじゃろうよ」

「――ぐ……っ」

髪の毛を摑まれたかと思うと、倉庫の外へ連れ出される。つまずき、後ろ手に縛られているため無様に地面に転んだ。それでも容赦なく引きずっていかれる。

「中村ぁ！　近くにおるんじゃろうが！　出てこんかい！」

声が暗闇に響いた。倉庫が並ぶその場所に街灯のようなものはなく、月明かりだけが頼りだ。動くものといえば、風に流される雲くらいで今は誰の姿もない。

「誰でもいいぞー。小田切ぃ！　斑目さんよぉ！　大事なお友達がここで助けてくれって震えとるぞ！」

海風を切り裂くように、背の高い男の声がこだまする。

聞こえるのは海鳴りだけで、返事はなかった。斑目たちと合流する時間はとうに過ぎている。レンタカーがなく、坂下も戻らないとわかればこの状況は容易に想像できるだろう。

斑目たちは、どこからか見ている。

そう思った瞬間、遠くの方に人影が現れた。

「そう叫ばなくったって、聞こえてるよ！」

斑目の声だった。その後ろには、小田切らしき男も立っている。

双葉の姿はなく、二人は揃って坂下たちの方へと歩いてきた。顔が判別できるほど近くまで来ると、そこで足を止める。

「先生を返してくれねぇか？　あと車もな。そいつはレンタカーなんだ。直結でエンジンかけやがって……俺が叱られんだろうが。弁償しろ」

ふざけた態度の斑目を見た南場は、面白いとばかりに喉の奥で笑った。そして、坂下を前に突き倒す。

「中村と交換じゃぁ！」

「中村ぁ？　誰だそりゃ」

「双葉洋一だよ。しらばっくれやがって！」

あくまでも本名でしか話をしないのを見て、斑目の気持ちが痛いほどわかった。

中村と名乗っていた三年間のことを、双葉はなかったことにしたいと言っていた。恥じているのだろう。年齢を詐称していたのも、そういう理由に他ならない。

確かに双葉は、マグロ漁船に乗っていた間、船の幹部たちが一般船員や性欲の捌《は》け口にするために乗せた女にしてきたことを見て見ぬふりをしてきた。麻薬も密売に気づいた時には、南場たちに取り入ってその場を凌いだ。

それしか生き残る術《すべ》がなかった。

生きるのに必死だったことを誰が責められるだろう。きれい事だけでは生き残れなかった過酷な世界でしてきたことを責められるのは、同じ経験をした者だけだ。

双葉は中村じゃない――双葉を中村と呼ぶ男たちの前で、斑目が頑なに本名でしか話さないのは、あんな過去にいつまでも縛られたままでいさせたくないからだ。

それは坂下も同じ気持ちだった。双葉は双葉だ。中村なんかじゃない。

「双葉とは合流してねぇよ。あいつは自力で逃げたんだろう。今頃、俺らの手の届かねぇところに逃げちまっただろうよ」

「そんな嘘が通用するか！」

「信じるか信じないかは勝手だがな。双葉は先生が捕まったことすら知らねぇよ」

「じゃあてめぇが捜してこい」

人質がいることを忘れるなとばかりに、指のちゃんと揃っている左手で前髪を掴まれて顔を斑目の方に向けさせられる。髪の毛がちぎれそうなほどの痛みに顔をしかめるが、不思議と恐怖はなかった。

容赦ない扱いに、この男がいかに残酷なのか思い知らされる。双葉がなかったことにしたがっていた過去がどんなものなのか、ほんの少しだけ実感としてわかった気がした。

今、南場の中には双葉に対する怒りのマグマが蠢いている。煮えたぎる溶岩のような復讐心は、自分を騙《だま》した男を焼き尽くすだろう。

こんな男に双葉を渡してはいけない。

「俺の弟はなぁ、あいつのせいで殺されちまったんじゃ。弟の仇を取るまで、俺は諦める気はねぇからな。中村にもそう言っとけ」

そう言った南場は、どこかにいるだろう双葉に向かって言うように、辺りを見回しながら大声で叫んだ。

「中村ぁ！　聞いちょるかぁ！　お前にはまだまだ苦しんでもらわねぇと、俺の腹が収まらんのじゃ！」

「だから双葉はいねーっつってんだろうが」

「そんじゃあ、中村の代わりにこいつを貰っていくけんのう」

「ぐ……っ」

髪の毛を摑まれ、斑目たちがいるのとは逆の方に引きずっていかれる。膝は擦り剝いて血が滲んでいるが、南場はそんなことなどお構いなしだ。

「おいおい、先生を連れていくなよ」

「言ったじゃろう。中村と交換じゃって」

南場が振り向いて斑目に言った瞬間、坂下の目に二階から飛び降りる男の影が映った。

（双葉さん……っ⁉）

そう認識するより早く、柳田の影と重なるように着地する。

「ぐぁ……っ」

「双葉さんっ！」

不意をつかれた柳田は、双葉の体重を支えきれずに地面に崩れ落ち、呻き声をあげながら躰を『く』の字に折った。南場が双葉に飛びかかる。

「中村ぁ！」

「双葉さんっ！」

胸倉を摑まれた双葉が、呻く声が聞こえた。しかし、すぐに斑目と小田切が加勢に入る。

「これでも喰らえ！」

「ぐぁ！」

「行くぞ、先生っ」

斑目に二の腕を摑まれ、転びかけたところをなんとか堪えて促されるまま走っていく。双葉と小田切もすぐに追いついてくるが、レンタカーは奪われ、他に足もない。おまけに体勢を立て直した南場たちが、停めてあったトラックの中から銃やライフルらしき物を取り出すのが見えた。構え、坂下たちに照準を合わせる。

「みんな、後ろっ！」

そう言った瞬間、足元の土が弾けた。見ると、矢のような物が地面に深く刺さっている。

「なんだこれは」

「最新型の水中銃っすよ」

「あれで人は殺せんのか?」

「残念ながら」

双葉の言葉に、肝が冷えた。水中銃の威力が具体的にどのくらいあるのかは知らないが、抵抗のある水中で大型の魚を射るだけのパワーがあるのだ。あんなもので狙われるなんて、たまったものではない。

「こっちだ!」

斑目の誘導に従い倉庫と倉庫の間の狭い道に入っていくが水中銃を持った南場たちは軽トラックに乗り込み、そのますごい勢いで侵入してくる。道端に置いてある荷物をなぎ倒し、時折倉庫の壁に車体をぶつけながら突進してきた。

「滅茶苦茶《めちゃくちゃ》、しやがる。大丈夫か、双葉」

「ああ」

ケガをしている双葉が遅れ始めていた。今さらながらにその傷の深さを目の当たりにさせられる。監禁されている間に暴行されたのは、一目瞭然《りょうぜん》だ。

「小田切っ、先生の縄を頼む」

「わかった」

斑目が倉庫の窓ガラスを割り、後ろ手に縛られていたロープをナイフで切ってもらった坂下はすぐに中に侵入した。

中は先ほど坂下がいたのと少し違った造りになっており、大型のコンテナのようなものがずらりと並び、積み上げられている。天井設置型のクレーンがあるところを見ると、大型のコンテナばかりが集められているようだ。積み上げられたそれは迷路のようで、身を隠すにはうってつけの場所だ。

「行くぞ」

窓の外でトラックが停まった音がし、急いで二階へと駆け上がる。

その時だった。

すぐ後ろを走っていた小田切が、いきなり倒れ込み、階段を滑り落ちていった。

「小田切さん！」

すぐに引き返してみると、小田切の背中にはモリが突き刺さっていた。苦しそうに喘ぐその様子から、かなり危険な状態だというのがわかる。肺を損傷しているのは間違いない。

「運ぶぞ」

斑目と双葉もすぐに戻ってくるが、南場たちが窓から侵入してくるのが見えた。

「はい」

斑目と二人で両側から支えるようにして小田切を立たせると、ドアを見つけた双葉が真っ先に外に出た。ガラスが割れた音がし、またすぐに戻ってくる。

「こっちに隠れて」

カモフラージュで、外に逃げ出して別の倉庫に侵入したように見せかけるつもりだ。坂下たちは血痕を残さないよう気をつけながら、すぐ近くのコンテナの陰へと身を隠した。

近づいてくる足音に、息を殺しながら耳を傾ける。

「どっちに行きやがった」

「あっちでガラスが割れる音がしたぞ」

「ドアがある。こっちじゃ」

南場たちはまんまと双葉の策略に嵌《は》まり、隣の倉庫に向かう。

南場たちをやり過ごし、その足音が隣の倉庫へ吸い込まれていくと、小田切を歩かせて鉄骨の階段を二階へと上っていった。


小田切をなんとか二階まで運んだ坂下たちは、通路を遮断するように設置してある部屋に侵入した。中にはロッカーが並び、壁にはヘルメットや作業着などがかけてある。消火器などの備品や工具もいくつか置かれてあった。

また、クレーンを動かす作業盤が設置され、ガラス張りの大きな窓から下を覗けるようになっていた。

通路は壁に沿ってぐるりと一周していて、途中外階段に繋がるドアも確認できる。基本的にゲームセンターでよく見かけるクレーンゲームと同じ造りのようで、前後左右自由自在にクレーンを動かせるようになっている。巻き上げ式のところも同じだ。違うのは、太い鉄のワイヤーの先が大型フックになっているところだろうか。

「ここに寝かせましょう」

小田切は、血まみれになっていた。なんとかここまで連れてきたが、もうこれ以上は動かせない。

「ごほ……っ、……ぐ……っ」

「助けてください。斑目さん！」

血を吐く小田切を見てそう言うが、無理なのはわかっていた。斑目がどんなに腕のいい医者でも。限界がある。そもそも道具すらないのに、何をどうしろと言うのだろう。

それでも助けてくれとしか言えない自分の弱さに、ほとほと呆れる。

「小田切！　しっかりしろ。小田切っ！」

双葉が耳許で何度も名前を呼んだ。しかし、その目はすでに何も映していないようだ。虚《うつ》ろな目は誰の姿も捕らえておらず、虚空を彷徨《さまよ》っている。

小田切は、ジャンパーのポケットに手を入れ、口から血を吐き出しながらも震える手で中から取り出した物を双葉に渡した。

「……っ、ぐふ……っ、……こ、……これ……」

それは、写真だった。小さな子供が映っている。

「これ……あいつが、産んだ……子供。……あんたの……子だ。……げほげほ……っ」

「黙ってください。しゃべらないで」

「いい、んだよ……。俺……もう、駄目……だから……」

「小田切さん、諦めないでください」

制するが、斑目もしゃべらせてやれと坂下に目で合図する。誰もが小田切の死が近いとわかっていた。どうすることもできず、唇を噛んで涙を堪えることしかできない。

(そんな……っ)

目の前の現実を、感情が受け入れきれなかった。何度も首を横に振り、こんなことがあってはならないと誰にともなく訴える。

「お……俺が……幸せに、して……やりたかった……。でも……あいつは……最後まで、あんたを……っ。だから、……せめて子供だけ、は……、俺がって……思ってた」

「小田切……っ」

涙混じりの双葉の声に、坂下の目からも涙が零れた。

小田切も泣いていた。目に涙をため、受け取ってくれと双葉に写真を押しつけている。そ

こには、双葉に子供を託そうという強い意志が感じられた。

「頼むよ……。あんたの……子だ。名前と……施設の住所。……あんたが、本当の……父親だから……」

小田切の言葉は、そこで途切れた。写真は双葉の手に渡り、小田切の手は自分の役目は終わったとばかりに力なく床の上に崩れる。

「小田切！　小田切っ！」

何度叫ぼうと、小田切の目が再び開くことはなかった。息絶えた小田切の顔は、安らぎすら浮かんでいるような気がして、それがまた涙を誘う。

小田切は、本当に彼女を愛していたのだ。彼女の遺した子供の父親に、本気でなろうとしていた。けれどもそれが叶わないとわかった今、ようやく本当の父親である双葉に託そうと決心できたのだ。

「あいつら……」

絞り出すように、双葉が言う。坂下も怒りで躰が震えていた。

「許せない」

どうにかして、南場たちに罪の償いをさせたかった。このままあの男たちが、のうのうと生きていくなんてことはあってはならない。あの連中が自分たちのしたことを反省するとも思えないが、せめて法のもとで裁かれるべきだ。

「俺が囮《おとり》になる。先生は双葉とこの倉庫を出て、警察に連絡しろ。他の倉庫のどこかに事務所があるはずだ。そこから電話をするんだ。いいな」

「でも……っ」

「俺も囮になるよ。斑目さん一人じゃ、三人を引きつけておけない」

　相変わらず護られる立場にあることを実感し、情けなさのあまり苦い笑みが漏れる。

「何言ってるんです。この中で一番ケガが酷いのは双葉さんですよ。電話を探して警察に連絡するのは双葉さんです」

　坂下は、低く静かに言った。覚悟を秘めた声に、双葉が戸惑っているのがわかる。

「でも、俺の方が……」

「今は揉めてる時じゃありません。俺だって、何度か荒事は経験しました。たまには俺の言うことも聞いてください。行きましょう、斑目さん」

　反論を許さない言い方で強引に役割を決め、斑目と目を合わせると、斑目もそれがいいと判断したらしく黙って頷く。

「わかったよ。でも先生。気をつけて」

「なぁに、大丈夫だ双葉。先生は俺が護ってやる」

　双葉にそう言ってから、斑目は立ち上がった。そして、置いてある工具の中からバールを摑んで坂下に渡すと、自分も大型の工具を握る。

「じゃあ、行くか」

その声を合図に、坂下と斑目は部屋を出て一階に下りていった。すると、南場たちが戻ってくる音がする。坂下たちは、すぐさま身を隠した。

「血の痕《あと》を見つけたぞ！」

小田切を運んだ時のものだろう。三人が二階に向かって走っていく足音が倉庫にこだまし、ドアの開閉音が聞こえた。

どうやら小田切の死体を見つけたらしい。

三人は再び部屋の外に出てきて、消えた坂下たちの姿を捜して倉庫を見回した。

「そこかぁ！」

倉庫に響くしゃがれ声――。

萎縮《いしゅく》しそうになる心をなんとか奮い立たせ、挑発するように自分の姿を見せつけてやると、三人は再び階段を駆け下りてくる。

顔のすぐ側で鋭く空気を切る音がした。

水中銃から放たれたモリが、壁に突き刺さる。

「あいつら、本気で俺らを殺すつもりらしいな。双葉、頼むぞ」

斑目と二手に分かれて走り出し、コンテナの陰に身を潜めながら逃げた。わざと足音を立てて音を反響させ、自分たちの位置を把握されないようにする。しかし、南場たちも必死だ。

一度双葉を連れ去ろうとしたものの、斑目たちに阻止され、その後も手を出せないでいた。爆発事故を装い双葉を殺そうとしたが、それも失敗に終わった。

このチャンスを逃すわけがない。

水中銃を手にした時点で、双葉だけでなく事情を知る坂下たちも全員を殺す覚悟をしただろう。しかも、小田切を殺してしまったからには、口封じのためにも後戻りは許されない。警察に駆け込まれたら終わりだからだ。

「逃がすなぁ！」

窓から脱出しようとする双葉に気づいた柳田がそれを追おうとする姿が目に入り、坂下は危険を承知で再び物陰から出ていった。

「こっちですよ！」

柳田に後ろから襲いかかるが、手首目がけて振り下ろしたバールはいとも簡単に水中銃で阻まれ金属音が辺りに響く。不意打ちが不発に終わると、途端に有利になるのは柳田の方だ。体格の差は歴然で、あっさりと弾き飛ばされて床に転がり、胸を強打する。

「う……っ、げほ……っ、……っく、——っ！」

顔を上げた坂下の目に入ったのは、自分に向けられる水中銃だった。その先は十五センチほども離れていない。この至近距離で引き金を引かれたら、間違いなく命中する。

モリは眉間を突き抜け、脳みそを破壊するだろう。

もう駄目だ——そう観念した瞬間、坂下の視界に男の影が飛び込んでくる。

「うらぁ！」

「——っ！」

コンテナから柳田に向かって飛び降りてきたのは、斑目だった。全体重をかけて飛びかかると、髪の毛を摑んで壁に叩きつける。

「ぐ……っ」

手から水中銃が滑り落ち、柳田は白目を剝いて床に倒れた。あっという間の出来事で、呆然と見ていることしかできない。斑目は、拾ってきたロープで柳田を縛った。

「先生、こいつを持ってろ。ここを引くとモリが打たれる仕組みになってる。ライフルと似たようなもんだ。簡単だよ」

「ライフルだって撃ったことないですよ」

坂下の言葉に、斑目がニヤリと口許を緩めた。坂下も釣られ、まだ笑う余裕があることを自覚した。

怖いが、耐えきれないほどじゃない。足も竦んでいるが、南場たちに罪を償わせるためならまだ意地を張ることができる。恐怖を押し殺すことができる。

「まだいけるか？」

「はい。あと二人です」

坂下たちは、再び二手に分かれた。身を隠しながら、南場たちの姿を捜す。

胸の中では心臓が激しく躍っており、今にも飛び出しそうだった。足も震え、ときどきつまずきそうになる。

その時、離れた場所で斑目の呻き声が聞こえた。位置を確かめようとして目に入ってきたのは、コンテナの上に立ちはだかる南場の姿だった。

構えていた拳銃《けんじゅう》のような短めの水中銃を腰に差し、今度はライフルのような大型のものを構える。コンテナの下には、斑目がいるはずだ。ケガを負っているのは、間違いない。

(斑目さん!)

出ていこうとしたが、今自分が姿を見せてはいけないと思いとどまり、様子を窺った。すると、斑目と南場の会話が聞こえてくる。

「お前らも死体にして、小田切と一緒に船に乗せてやる。仲良く海の藻屑《もくず》になれや!」

「そんなこと……できると思ってんのか! 見つかるに決まってるだろうが!」

「それができるんじゃ。長年のつき合いでなぁ、ちったぁ金がかかるが、口は堅い。おい、柏木ぃ。一匹捕まえたぞ」

勝ち誇ったような南場の声に、柏木が姿を現す。柏木もコンテナに上り、南場の隣に立って斑目を上から見下ろしている。斑目に渡された水中銃を使おうとしたが、距離がありすぎる。

どうにかしてこの状況を打破できないかと周りを見回した坂下の目に、天井クレーンのフックに目が留まった。それは南場たちから離れた場所にあるが、フックの高さはちょうどコンテナの一メートルほど上に位置している。

上手くやれば、あれを利用できるかもしれない——坂下は、南場たちが斑目に気を取られている間に二階に上がっていき、天井クレーンの操作盤のある部屋へと入っていった。

そこには、息絶えた小田切が横たわっていた。助けられなかったことへの悔しさに唇を噛み、血まみれで絶命している小田切を見て上手くいくよう願っていてくれと念じてクレーンの操作盤を見る。

操作ミスをなくすためか、ビニールテープに油性マジックでなんのボタンかわかるように貼ってあり、それを見て電源を入れた。フックを下ろしさえしなければ、多少間違った操作をしてもコンテナの下にいる斑目に当たることはないと思い、先端に大型のフックがついたクレーンを南場たちの立っている方に動かした。

南場たちが異変に気づくが、もう遅い。

『——うわ……っ』

南場が慌てた様子でコンテナから飛び降りたのが見えた。柏木は、一度はフックをよけてみせたが、反動で戻ってきたそれに躰が当たって体勢を崩す。コンテナの上から落ちそうになり、フックにしがみついた瞬間、坂下は思いつきでワイヤーを巻き上げた。

『ちくしょう！　何しやがる！』

宙吊《づ》りにされた柏木が叫んでいるのが聞こえる。

あの高さから落ちれば、死ぬとまではいかずとも骨折くらいはするだろう。医者のやることではないが、相手が自分を殺そうとしているなら話は別だ。

坂下は柏木をそのままにし、部屋を出てもう一度一階に下りていった。

「斑目さん！」

斑目は、南場と揉み合いになっていた。撃たれた脚を庇《かば》いながらも、なんとか互角に戦っている。しかし、それも長くは続かなかった。

南場が斑目の後ろに回って羽交い絞めにし、首を圧迫する。

「中村ぁ！　こいつの命が惜しけりゃ出てこんかい！」

双葉に対する執着は凄《すさ》まじく、鬼のような形相で双葉に呼びかけた。さすがの斑目も脚を射抜かれて、かなり出血している。しかも、頚動脈を圧迫されて気絶寸前だ。

「斑目さん！」

坂下は先ほど斑目から渡された水中銃を摑み、叫びながらそれを南場に向けた。だが、南場は驚きもせず余裕で笑っている。

「なんじゃ兄ちゃん。それで俺を殺すつもりかぁ？　撃てるもんなら撃ってみぃ！」

斑目を盾にされ、坂下は奥歯を嚙んだ。この状況で撃つわけにはいかず、ゆっくりと腕を下ろす。それを見た南場が勝ち誇ったように嗤い、腰に差していた水中銃に手を伸ばしたが、それを抜き取る前に斑目が南場の手の上から引き金を引いた。

「ぐぁ……っ」

放たれたモリは、南場の足の甲を突き抜けて地面に刺さった。

「ぐぉ……っ、貴様ぁ……っ！　──ぅぐ……っ！」

躰を反転させた斑目の拳が、南場の横っ面にヒットする。

南場はそのまま後ろに倒れ、動かなくなった。息はしているようだが、完全に気を失っている。

「斑目さん！」

駆け寄ると、斑目は撃たれた場所を庇うように地面に崩れ落ちた。

「先生……。案外、滅茶苦茶やるな」

そう言ってまだ宙吊りになって助けを求めている柏木を見て苦笑いし、痛みに顔をしかめる。

「斑目さん、先生っ！」

双葉が慌てて走ってくるのを見て、坂下も膝から力が抜けてその場に崩れ落ちる。

パトカーのサイレンが聞こえたのはそれから五分後のことだった。

事件から、十日が過ぎた。

坂下のもとには日常が戻ってきており、斑目や双葉のケガも快方に向かっている。

あれから坂下たちは、警察で事情を聞かれた。小田切殺害の容疑は坂下たちにも向けられ、すぐに釈放されずに留置所で一晩過ごすこととなった。取り調べは厳しいものだったが、三人の証言が完全に一致することや、小田切を殺した凶器の水中銃が南場たちの用意した物だったこと、また、該当の水中銃の引き金部分に付着していたのが南場の指紋だけだったことなどから疑いは少しずつ晴らされていった。

そして、宿の爆発事故との繋がりについても、捜査の手が伸びている。いずれ南場たちの犯した罪は暴かれるだろう。過去のことも再捜査されることになっているようだ。

小田切には親兄弟がいなかったため、遺体は双葉が引き取り、自費で荼毘《だび》に付した。遺骨は共同墓地に保管することになった。ときどき、手を合わせに行こうと思っている。

「双葉さん」

一日の仕事を終えた坂下は、公園のベンチに座る双葉を見つけて声をかけた。偶然というより、坂下が通るのを待っていたという感じがする。

「ケガ、もう大丈夫みたいですね」

「俺若いっすから。それより斑目さんの方が酷かったし。斑目さん、どんな感じなんっすか？」

「驚異的な回復力ですよ。斑目さんて人間じゃないのかも」

「あははははは……」

声をあげて笑う双葉の横顔を見て、坂下も肩を震わせた。

こんなふうに屈託なく笑う双葉が好きだ。大事な友人だ。この街に来てからずっと坂下を支えてくれた、かけがえのない存在だ。

笑い声が夜空に吸い込まれていくと、二人の間に沈黙が下りてくる。心地好ささえ感じるそれに身を委《ゆだ》ねていたが、沈黙は静かに破られる。

「俺、この街を出ていこうと思ってるんっすよ」

ポツリと零された言葉に、坂下はすぐに返事をしなかった。

けれどもそれは驚いたからではない。そう言うだろうとわかっていた。小田切から息子の名前と居場所を書いた写真を渡された時から、こうなることを予想していた気がする。

「そうですか」

「この施設に、俺の子供がいるんだよ、先生。多恵は俺の名前から一文字取って、洋《ひろし》ってつけてくれたんだって。俺、親父《おやじ》なんだってさ」

双葉は、小田切から渡された写真を見て静かに言った。優しい目をしている。こんな目をするのだ。このまま街に留《とど》まる理由なんてない。

「可愛いでしょうね」

「俺さ、ちゃんとした仕事に就いて地に足のついた生活ができるようになったら、子供を引き取りたい。いろんな問題をクリアしなきゃならないけど、でも、もう決めたんだ」

決意を口にする双葉を、坂下は目を細めて見ていた。

子供を引き取るなんて、そう簡単なことでないのはわかる。たとえ血の繋がりを証明できたとしても、子供を育てられる環境にあるかどうかの審査が待っている。特に双葉は、これまで息子の存在すら知らず、労働者街でその日暮らしの生活を送っていた。

多少の蓄えはあるだろうが、それだけでは話にならない。

双葉が決めた目標を達成するのは、長い道のりになるだろう。それでも、双葉は自分の息子と暮らすために行動を起こすと決めたのだ。

心から応援する以外、何ができるだろうか。

「先生、俺さ、本当はずっとここにいたかったんっすよ。先生や斑目さんといるのは楽しいしね。この街のこと、大好きなんだ」

遠くを見つめながらゆっくりと自分の気持ちを口にする双葉を、坂下は黙って見ていた。

その横顔には強い決意もあるが、街を離れる寂しさも混在している。子供を引き取って育てていく強い意志を持っていても、離れ難さはあるようだ。

それほど、この街に馴染んでいた。

馴染みすぎていたと言ってもいいのかもしれない。

それは、坂下も同じだった。双葉がいることに、馴染みすぎた。

「ここは、ずっといたい場所だった。先生が街に来てから、本当にこの街が好きになった。でも、俺を好きになってくれた人が俺の子供を産んでたんだ。俺を護ってくれた女だよ。多恵がいなかったら、俺は南場たちから逃げられなかったかもしれない。だから、俺はちゃんと父親の責任を果たしたいんっす」

それは、双葉の揺るぎない決意だった。自分の責任を果たすために、そして何より自分と子供のために、この街との決別を選んだ。

「ねぇ、双葉さん」

「なんっすか？」

「ここは、永遠の楽園じゃありません」

坂下は、公園から見える街の様子を見渡した。視界の隅に、じっと自分を見る双葉の姿がある。

これから何を言おうとしているのか真剣に耳を傾ける双葉に、伝えたい言葉があった。

「この街にいるみんなは、自由気ままで楽しそうにしてるけど、ここはずっといていい場所じゃないんです。根無し草の生活は気楽でいいけど、それじゃあ駄目なんです。人はいつか老います。そうなった時、終の棲家《すみか》を持ってなきゃ駄目だと思うんです。路上で死ぬようなことはさせてはいけないんですよ」

言いながら思い出すのは、この街に来て間もない頃のことだ。

カップ酒と羊羹《ようかん》が大好きで、坂下を慕ってくれたおっちゃんの笑顔が今でも鮮明に蘇ってくる。何度病院で手術を受けるよう言っても聞かなかった。なかなか酒をやめられず、愛嬌のある顔で坂下のもとを何度も訪れた。

路上で死んだおっちゃん。自分の力が及ばず、路上で死なせてしまった。

そのことを思い出すと、坂下は痛感するのだ。

あんなふうに死なせてはいけない。看取ってくれる家族がいなくても、少なくとも布団の上で息を引き取る最期であって欲しいと。

「俺には、そのことをみんなに理解させる使命もあると思うんです。でも、忘れてました。この街の居心地があまりにもいいから……俺自身、勘違いしてた気がします」

「……先生」

「ほんと、駄目だな。未熟です」

苦笑し、地面を見る。汚れたズックは、もう随分と買い替えていなかった。この街に来るまで、こんなに物を大事に使ったことはない。

けれども、それだけでは駄目なのだ。自己満足で終わってはいけない。自分のやるべきことを思い出させてくれた双葉に、感謝しなければと思う。

「だから双葉さん。この街を出ていこうと思った時に、出ていける今のうちに行くべきなんです。でないと、出ていきたくても出ていけなくなる。気ままで楽しい毎日に隠れた現実を忘れちゃ駄目です」

そう言った坂下の顔を見て双葉もよりいっそう強く決意したのか、大きく息を吸い込むと吹っ切れたような顔をした。

「俺、遊びに来るっすよ。子連れでさ」

その様子が自然に脳裏に浮かび、坂下は目を細めた。

「双葉パパになった姿を見るの、楽しみにしてますよ」

「……先生……っ」

「わっ」

抱きつかれ、思わず声をあげた。力強くしがみついてくる双葉の気持ちが痛いほどわかり、そっと腕を回して抱き締め返す。

やはり、離れ難さは堪えきれないらしい。坂下も同じだ。

「先生、ありがとう。今まで本当にありがとう」

「俺こそ、お礼を言わなきゃ。今まで本当にありがとうございました」

「先生、大好きだよ。大好きだよ」

「俺もです。俺も大好きです。双葉さんのことが、大好きです」

ひとしきり抱き締め合うと、男同士で好きだ好きだと言い合っていることに気づき、躰を離して顔を見合わせた。そして、思わず噴き出す。

「俺、斑目さんに叱られそう」

双葉は笑いながら涙を拭き、ねぐらに帰ると言って坂下に軽く手を挙げて歩き出した。最後に振り返り、準備が整ったら街を出ていくよと笑顔で言い残す。

双葉の姿が見えなくなっても、坂下はしばらく双葉が消えた方を見つめていた。そして、背後に感じる気配に目を細める。

「斑目さん、いるんでしょう?」

「やっぱり先生の背中には目ぇついてんな」

後ろの植え込みがガサッと音を立て、斑目が出てきた。相変わらずだと笑い、再びベンチに腰を下ろす。斑目も隣に座り、タバコに火をつけた。

紫煙がゆっくりと漂い、消えていく。一本差し出され、遠慮なく貰って火をつけた。いつも自分が吸っているのとは違うタバコの味はほろ苦く、今の坂下の心にじわりと染み渡る。

「とうとうあいつも出ていくか」

「ええ」

交わした言葉は、それだけだった。他に何も言わなかったが、側に斑目を感じているだけで十分だった。こんなにも誰かの存在に心を慰められたことはない。

それから半月後。住むところを決めた双葉は、街を出ていくこととなった。仕事も見つけ、新しい生活をする準備も整ったところだという。

双葉が街を去る当日、診療所にはいつも以上に街の連中が集まっていた。仕事にあぶれただけのように振る舞っているが、みんなが双葉にさよならを言いに来たのはわかっている。

「じゃあ、俺もう行くっす」

まるで長期の労働にでも出かけてくるというような軽い口調で言った双葉は、見送りに来た街のみんなの顔を見渡した。

小さなボストンバック一つ。それが、双葉の全財産だ。

「双葉さん……っ」

坂下は、すでに感極まって涙を溢れさせていた。

「げ、元気で……っ、無理、しな……で、ください、ね……っ」

嗚咽《おえつ》が漏れるのをどうすることもできず、ようやくそれだけ言う。

「先生。子供みてぇに泣いてからに～」

「男のくせにおかしいのう」

「だって……っ」

「ったく、涙と鼻水でぐちゃぐちゃじゃねぇか。いったいいくつだ、先生」

斑目たちにからかわれるが、出るものは出るのだ。双葉の船出は喜ばしいことだが、やはりさよならを言うのは辛い。連絡を取ろうと思えばいつだって取ることができるとはいえ、これまでのようにいかないとなると、寂しさは堪えきれないのだ。

「だって……、だって……っ」

坂下の泣き顔があまりにも酷いからか、双葉も呆れて苦笑いしている。

「先生が泣いてくれたおかげで、俺、泣かずに済みそうっすよ。湿っぽいの嫌いだからさ」

そう言うと、双葉はゆっくりと坂下の前まで来て、手を差し出す。

「じゃあね、先生。元気で」

震えながら手を握り返し、何度も頷きながら涙を拭く。

「がんばれよ、双葉。もうここには戻ってくんな」

「もちろん。遊びには来るけどね」

「そん時は連絡しろ。先生のスカートめくりグラビアを用意して待ってるぞ」

「あはははは……。楽しみにしとくよ、斑目さん」

坂下へのセクハラを忘れないところは、斑目らしい。この不良オヤジと一緒に過ごした数年は、双葉のいい思い出だろう。

それを大事に抱えて、新しい生活に向かって双葉は歩き出した。

「双葉ぁ～、ガキと仲良くな！」

「じゃあな～、元気でやれよ！」

「みんなも元気で！」

少しずつ小さくなっていく双葉の姿を見ていると、ますます涙が溢れてきて、坂下は数歩前に足を踏み出すと大声で双葉に呼びかけた。

「双葉さん！　落ち着いたら、手紙ください！」

「うん。写真送るっすよ。子供と一緒の写真！」

「待ってますから！　俺、待ってます。がんばってくださいね！」

「がんばるっすよ～。先生もがんばって～」

「はい！　俺も……っ、ここでがんばります！　双葉さんに負けないように、俺もがんばります！」

坂下は、いつまでもいつまでも手を振り続けた。

双葉の姿は段々と小さくなり、やがて見えなくなる。その姿が視界から消えると、見送りに来ていた街の連中は一人、また一人と診療所の中へと入っていった。それでも坂下は、双葉が歩いていった方を見るのをやめることはできずに佇《たたず》んでいる。

駅の方へ続く道には、もうその姿はないというのに、双葉を捜してしまうのだ。

「先生。そろそろ中に入んねぇと、そんな薄着で外にいたら風邪ひくぞ〜」

斑目に言われ、ようやく我に返った坂下はぐいっと涙を拭って振り返った。

「そ、そうですね」

いつまでも未練がましく見送っていたのが恥ずかしくて、敢《あ》えてなんでもないような態度を装い、建物の中へと入っていく。

待合室は、見送りに来た連中で溢れ返っていた。ようやく戻ってきた坂下を見て、みんなは一斉に騒ぎ始める。

「おー、泣き虫先生が戻ってきたぞ〜」

「双葉の野郎がいなくなって寂しいじゃろうが」

「そ、そんなことないですよ！」

「いい歳して泣きべそかいてから〜」

がはははは……、と笑い声があがる。

その日、坂下は一日、診療所に集まった連中にからかわれた。いい歳した大人が、涙と鼻水で顔をぐちゃぐちゃにして泣きじゃくったのだ。

しばらくは、この話題が消えることはないだろう。

そう思うと、もう少し我慢すべきだったと反省し、力強く旅立った双葉の姿を思い出してもっと強くなろうと決心するのだった。

人のいなくなった診療所は、静けさに包まれていた。昼間の騒ぎが嘘のように、今は誰の声も聞こえない。

双葉が街を出ていってまだ半日だが、あの別れから何日も経ったような気がしていた。同時に、角打ちを覗けば斑目と二人で飲んでいる双葉がいそうな気もして、まだそれほど実感がない。

夕飯を済ませ、風呂に入った坂下は、戸締まりをしに一階へ下りていった。タオルを首にかけ、濡れた髪をざっと拭いてふと窓の外を見る。

「あ……」

雪がちらつき始めていた。

どうりで寒いわけだと思い、玄関ドアのガラス越しにしばらくそれを眺める。雪の降る音すら聞こえてきそうで、いつまでも見ていたい気分になった。

どのくらいそうしていただろう。躰が冷えてきて、ぶるっとなった坂下は風邪をひかないうちに二階に戻ろうと鍵をかけた。しかし、カーテンを閉めようとした時、斑目が現れてドアのガラスをコツコツと叩く。

『よ、先生』

「斑目さん」

急いでドアを開けると、斑目は待合室の中に躰を滑り込ませてきた。寒かったようで、躰をすぼめている。

「寝るところか?」

「ええ。今戸締まりをしていたところでした」

「双葉がいなくなって初めての夜だからな。寂しがってんじゃねぇかと思って」

そう言った斑目の目が、笑っていた。

泣きじゃくりながら双葉を見送ったことを思い出し、恥ずかしくなって視線を逸らす。

「もういいじゃないですか」

散々からかわれた坂下は、口を尖らせて背中を見せる。

「お茶でも淹れますよ」

からかわれても追い返さないのは、やはり一人が寂しかったのかもしれない。今頃双葉はどうしているだろうと考えながら、一人寝の夜を平気で過ごせるほど強くはないのだ。

斑目はちゃぶ台の前で胡座《あぐら》をかき、サラリと聞いてきた。

「双葉がいなくて寂しいか?」

「大丈夫です。双葉さんにとっていいことですから」

坂下は、口許を緩める斑目に背中を向けヤカンを火にかけた。安物の茶葉を急須に入れ、青白い炎を眺める。

静かに燃える炎を見ていると、なんとも言えない切なさに胸が締めつけられた。

「俺の前では、素直に寂しいって言え。無理すんな」

「……っ」

振り返ると、斑目が優しい目をして立っていた。自分に注がれるその視線に晒されていると、やはり斑目には敵わないと思い知らされた。嘘なんかつけない。

そして、それがわかった途端、今まで堪えていたものが溢れ出す。

「寂しいです」

坂下は、思わず本音を零していた。

「双葉さんがいなくて、寂しいです」

だって……、と言いかけて、声が上手く出ずに口を噤む。

ずっと側にいたのだ。毎日のようにやってきて、斑目と二人、診察室の窓の外に座ってくだらないことを言っていたのだ。

楽しかった日々を思い出すと、鼻の奥がツンとなる。

いつだって二人がいたから、がんばってこられた。

寂しくないなんて言えるほど、強くはない。

「う……っ」

あんなに泣いたというのにまた涙が溢れてきて、坂下は小刻みに躰を震わせ始めた。一度そうなると、湧き上がる感情をどうすることもできない。

「ほら、泣くなよ、先生」

泣き顔を見られたくなくて深く俯くが、手首を摑まれ、顔を覗き込まれる。

「み、見ないで……ください」

「どうしてだ?」

「だって……みっとも、な……」

「みっともなくなんかねぇぞ。先生の泣き顔は可愛いよ」

からかわれても、涙は止まらなかった。湯が沸騰し、斑目がコンロの火を消す。

「俺が慰めてやる」

「う……っ、……っく」

斑目に強く抱き締められ、坂下もその背中に腕を回した。逞しく引き締まった躰は頼り甲斐があり、こうしているだけで少し落ち着いてくる。震える心を包み込むように、斑目の匂いで満たされた坂下はひとしきり泣いた。

「俺がずっと側にいてやるよ」

「斑目さん」

こめかみに優しく唇を落とされ、坂下は目を閉じた。瞼や耳許にもキスは落とされ、押し当てられる唇に時折背中がぞくりとなる。

慰めのキスは少しずつ性的な意味合いを持つものに変わっていき、寂しさで満たされていた坂下の心には、いつしか別のものが顔を覗かせていた。

「先生の泣き顔が可愛いから、俺のトマホークが点火されちまった」

相変わらずの言い草に呆れ、涙の乾かぬままクスリと笑う。目が合い、自分を見つめる男の色香に心を奪われた。まるで、美しい野生の獣を見ているようだ。

猛々しくも美しい獣にならば、すべてを差し出してしまってもいい――優しく、そして情熱的に自分を見つめる男の瞳《ひとみ》に心が吸い寄せられ、強く感じる。

斑目が好きだ。

心の底から斑目が好きなのだと、自分の気持ちを改めて噛み締める。

「ん……」

唇を重ねられ、素直に応じた。優しくついばむように愛撫され、舌先で促されて唇を軽く開く。そろそろと口内に侵入してきた斑目の舌は、優しく、それでいて情熱的に坂下を奪った。唇の間から漏れる吐息は少しずつ熱くなっていき、自らも求め、舌を差し出す。

「うん……、んっ、……んぅ、……んぁ」

足元がふらつくが、いつの間にか腰に回されていた腕がしっかりと坂下を支えていた。ひとたび熱情の片鱗を見つけると、心は急激に斑目を求め、そのことでいっぱいになる。

少しずつ蕩かされながら、坂下は自分の中に来て欲しいと切に願った。

「……っ、……ぁ……、……斑目さん」

「愛してるぞ、先生」

「俺も、です。俺も……好きです」

「今日はやけに素直だな」

次々と落とされるキスに目眩を覚えながら、斑目だけを求める。

「……はぁ……、……んっ、……ん」

パジャマの上から肌を刺激され、もどかしさで躰はより敏感になっていった。躰をまさぐる斑目の手は、確実に坂下に火を放っていく。

微かに耳に届く衣擦《きぬず》れの音もいけない。この行為が秘めたものだと、より感じさせられるのだ。声を殺し、息を殺して、二人だけの秘密を今から共有しようとしている。

「そのまま立ってろ」

「ぁ……っ」

斑目が自分の前で跪くのを、坂下は黙って見ていた。

パジャマのズボンを膝までずらされ、下着の上から触れられる。それだけでも声が出そうなほど感じてしまうが、斑目は容赦なく人差し指で下着をずらして中で張りつめている坂下の屹立を口に含んだ。

「はぁ！」

台所の隅でこんなことをされているという状況に、心も躰も追いつめられていく。

「斑目さ……っ、……はぁ……っ、……」

坂下は息を上げながら、斑目の頭頂部を見下ろした。ゆっくりと動く斑目のボサボサの頭を見ていると、自分が何をされているのか痛感させられるのに、目が離せない。

もしかしたら、その事実を噛み締めたいのかもしれない。斑目に口で愛撫される自分のはしたなさに、酔いたいのだ。

（斑目さん……）

次第に立っているのも辛くなってくるが、斑目は手加減してくれなかった。それどころか、コンロの下の棚から食用油を取り出してその蓋《ふた》を開ける。

何をされるのかなんて、聞かずともわかった。

あんなものを使われるなんてと思うが、同時に浅ましい欲望に濡れたくもあった。なんてことをするのだと心の隅で軽い抵抗を覚えながらも、従わずにはいられない快感を味わいたい。

愉悦に溺れることで、貪欲《どんよく》に貪る獣を自分の中で飼っていること思い知らされたい。

「ぁ……」

挑発するように舌なめずりをしながらそれを指で掬う斑目の姿に、坂下の躰は甘い期待に打ち震えた。それが的外れの妄想ではないと証明するように、尻に引っかかっていた下着をさらにずらされ、尻を摑まれる。

双丘の奥の蕾を探り当てられ、油を塗った指をじわじわと挿入される。

「はぁ……っ」

坂下は、目を閉じて指が入ってくる感覚をじっくり味わった。無骨な指が後ろを征服していくさまを脳裏に描いてしまうのを、どうすることもできない。

坂下は今、熟れすぎた果実のように自分の中から溢れ出てくる淫蕩な想いに濡れていた。頰を染め、唇を開いて甘い吐息を漏らすのをやめられない。覗く赤い舌先は、激しく奪ってくれることを望んでいた。

斑目しか知らない姿だ。

「ぁ……っ」

指を咥えた場所が、ひくりと収縮した。それを見計らったかのように、再び中心を口に含まれ、喉の奥から甘く掠れた声を漏らす。

「……んあぁ……、……はぁ……、……あ……ぁ……、……っ、……ぁあ」

下半身が熱くなり、坂下は素直に腰を浮かせて与えられるものを貪り始めた。前と後ろを同時に刺激され、我を忘れる。

「ぁあ……っ」

斑目の舌が先端のくびれに絡みつくたびに躰は小さく跳ね、坂下はその頭に手をやり、髪の毛をかき回した。指の間をすり抜ける髪の量は多く少し硬い。

この感触が好きだ。少し癖のあるボサボサの髪の毛にこれまで幾度となく触れてきた。この斑目の髪を梳《す》く時の指の間に感じる感触が、たまらなく好きなのだ。

そう思えてくると急に快感が迫り上がってきて、坂下は無意識に髪の毛をぎゅっと摑む。

「ぁ……、斑目さ……、……ぁ……ああ……、ぁあっ！」

掠れた声をあげながら、坂下は躰を痙攣させた。斑目の口の中に放たれた坂下の欲望をゴクリと飲み干すのがわかり、頬が熱くなる。

「なんだ。早ぇじゃねぇか」

脚から力が抜け、ずるずると床に沈んで放心した。自分に注がれる熱い視線に気づいて斑目と目を合わせると、耳許でいやらしく囁かれる。

「よかったんだろう?」

「ぅ……」

「俺に口でされて、よかったんだろうが。……嬉しいよ」

「斑目さ……」

「こういうところでするのも、悪くねぇな」

昼で坂下の耳朶《じだ》に触れながら囁き、自分のイチモツを取り出してみせる斑目の仕種に見惚《みと》れた。これから自分を喰らおうとする男の姿は、坂下の中の被虐的な一面を揺り起こし、目覚めさせる。

自分は今から、あれで愛されるのだというはしたない期待に躰が震えた。

狭苦しい場所に追いつめられ、あてがわれると、それは自分では制御できないほど強いものになり、無意識のうちに心の中で催促してしまう。

(早く……)

もどかしさに身を焦がすが、斑目はすぐに与えてはくれない。焦れた心は、坂下をいっそう淫《みだ》らにし、欲しがらせた。

「先生……」

膝の下に膝を入れられて脚を開かされた。隆々としたものがあてがわれると、それだけで言い知れぬ興奮に見舞われる。

早く欲しくて、自分を抑えきれなかった。こんなにも坂下を貪欲にさせるのは、斑目だけだ。他の誰も、坂下のこんな一面を知る者はいない。

「このまま挿れちまっていいか?」

待ち焦がれていた言葉に、小さく頷く。

「早、……ぁあ、あ、……ぁああ」

斑目が、押し入ってくる——坂下は、味わわずにはいられなかった。熱い塊が自分を引き裂き、中を満たすその瞬間に意識を集中させる。

「斑目さん……っ、んぁ、あっ、——んぁあ……っ！」

深々と収められ、坂下は躰を震わせながら斑目のすべてを受け入れた。いっぱいに広げられた部分が、微かに収縮している。

熱くて、蕩けて、火傷しそうだ。

「全部、喰っちまいやがった」

耳許でクスリと笑う声に、甘い戦慄《せんりつ》が背筋を走った。なんてことを言うのだと思いながらも、その思惑通り煽られて気持ちが昂ぶる。斑目の屹立を全部呑み込み、締めつけているという事実に快感はより大きくなった。

自分の腹の中に収められた斑目に、内側から翻弄されている。

「——んあぁぁ……」

引き抜かれた瞬間、坂下の口から溜め息のような甘い嬌声が漏れた。そしてすぐに最奥を突かれ、声を詰まらせる。

躰を小さく折り畳まれた坂下は、逃げる術を奪われ、ただ欲望を受け止めるだけだ。

「う……っく」

左脚を肩に抱え上げられ、より深く挿入された。躰がジンとして、自分の中の斑目を味わった。これ以上自分を抑えられる自信がなく、何を口走ってしまうかわからない。

「ん……、……っく、……んぁ、あ、あっ」

身動きがまったくとれない状態で、やんわりと奥を突かれ、坂下は斑目をより深く咥え込もうと無意識に脚を広げていた。

もっと奥まで来て欲しいと、誘っている。

「先生のだぞ」

「んぁ、ぁあっ、……あぁ」

「先生だけのもんだ」

まるで、自分の心を覗かれているようだった。

他の誰のものでもない、自分だけのものだと約束され、身も心も歓喜した。

自分のだ。斑目も、斑目の熱い猛りも自分のものだ——坂下の中の欲張りな獣が身をくねらせ、赤い舌を覗かせて喉を震わせていた。そして、約束されたものをじっくり喰らおうと、舌なめずりをしている。

「先生の望むようにしてやるよ」

「……はぁ……っ、……あぁ」

「奥か?」

「あっ、……んぁ」

「奥がいいのか？」

「まだ……ら……め、さん……っ、……斑……目、さん……っ」

「どうなんだ？」

「……っ、……奥……、……奥が……、ぁあ……っ」

ゆっくりと、だが少しずつリズミカルになっていく動きに、坂下はますますこの行為に溺れていった。理性など、もうほとんど溶けてなくなっている。

「もっと突いて欲しいか？」

目を合わせ、聞いてくる斑目を潤んだ瞳で見つめ返した。

「命令して……いいんだぞ。先生のもんだって言っただろうが」

「斑目さ……、……もっ……と……、……も……っと、……いて」

「なんだ、聞こえねぇぞ」

「……つ……いて、……突……、いて……」

「いっぱい突いて欲しいのか？」

その言葉に誘われるように、本音が溢れ出る。

いっぱい突いて欲しい。

いっぱい、もっといっぱい突いて欲しい。

頭の中で何度も繰り返し、わざとゆっくりとしか動いてくれない斑目を恨めしく思う。けれども、もどかしさが快感の手助けをしているのは言うまでもなく、斑目の思惑通りに浅ましく快楽を求める自分を露呈してしまっていた。

「奥……、突いて……くださ……っ」

「聞こえないぞ」

「……突いて、くだ……さ……、もっと……」

「いいぞ」

「ぁあっ」

首筋に噛みつかれ、斑目の背中に腕を回した坂下は、限界を訴えた。

「んぁ……っ、そこ……っ、……そこ……っ」

欲望のままに求めると、いきなり激しく腰を使われる。ワイルドな腰つきに翻弄されながら、坂下は斑目を深く味わった。

「ぁあ、あ、……はぁ……っ」

「先生っ、……イイか？　……イイか？」

「……イイ……、……イイ……ッ」

「ここか？」

「……そこ、……そこ……っ」

自分を責め苛む男の背中に腕を回し、指を喰い込ませた。そして、言葉にならない想いを訴える。

一緒に——。

そう願った瞬間、斑目が自分の中で激しく痙攣したのがわかった。

「……んぁ、あ、……イく……っ、……イく……ッ、——んぁぁあああ……っ！」

「——先生……っ！」

奥で、熱いほとばしりを感じる。

躰を弛緩させると斑目も体重をあずけてきて、二人は互いの体温を感じていた。

「よかったか？」

繋がったまま、溜め息とともに本音を吐露する。

「よかった、です。……すごく、……すごく、よかったです」

「俺もだよ」

欲望に溺れたのが坂下だけでないと言われると、坂下は嬉しくて斑目の躰を抱き締めた。

しばらくそうしていたが、息が整うと二人は目を合わせて唇を重ね合う。

「ん……っ」

それが、再び二人を熱い行為へ誘《いざな》ったのは言うまでもない。

その日、坂下は何度も斑目を咥え込み、何度も白濁を放った。まるでセックスを覚えたての若者のように互いを貪ることをやめられず、より深い愉悦を求める二人の声は更けていく夜に呑み込まれていった。


診療所に初夏の風がやってきた。暖かい日差しが降り注ぎ、窓を開け放っていると心地好い風が吹き込んでくる。

双葉が街を出てから、約三ヶ月が過ぎていた。

診療所は相変わらずで、仕事にあぶれた連中が待合室にたむろし、酒を飲んだり花札やチンチロリンをしている。時折、大声で笑う声や張った張ったと怒鳴る声が聞こえた。

ここが本当に診療所なのかと思うほど、賑《にぎ》わっている。

『おい、俺にも見せてくれっちゅーとんのじゃ』

『なんや、今度は俺の番やぞ。てめぇは引っ込んどれ。——あっ、お前っ、順番守れや』

『うるっさいのう。お前らが揉めてるからや。順番なんてあるかい』

小さな諍いが聞こえてきて、坂下は「またか……」と溜め息をつきながら椅子から立ち上がった。そして、殴り込みさながらに勢いよくドアを開けて診察室から出ていく。

「ちょっと、喧嘩しないでください！　言うことを聞かないと叩き出しますからね！」

「先生、だってこいつが」

「言い訳しない！」

坂下に叱られた男はシュンとなり、口を噤んだ。周りを見渡すと、全員バツが悪そうな顔をしている。

「で、喧嘩の原因は？」

「これ……」

おずおずと差し出されたのは、一枚の葉書だった。受け取って表を見た瞬間、思わず声をあげる。

「あ！」

それは、双葉からの絵葉書だった。青空を背に、右手で子供の肩に手を回して抱き寄せ、左手でピースサインを作って満面の笑みでこちらを見ている。

「ちょっと！　これ、俺宛の葉書じゃないですか。何勝手に回し読みしてるんです」

「ち、違ぇよ。俺が中に入ろうとした時、配達のにーちゃんに渡されたんだよ。双葉の野郎からだったから、つい……」

「もう」

裏を見ると、坂下宛のメッセージが書かれてあった。坂下は診察室に戻り、椅子に座ってじっくりと目を通す。

『先生へ
元気でやってる？　俺は元気だよ。

やっと生活が落ち着いてきたから写真を送るよ。洋と二人で撮った写真。まだ俺には懐いてくれないけど、可愛いよ。自分の子供がこんなに可愛いだなんて、思ってなかった。

この前、許可を貰って初めて洋と二人で遊園地に行ったんだ。楽しかったよ。

給料は安いけど、仕事は順調。洋が心を開いてくれるまでまだまだ時間がかかりそうだけど、よく面会に行くから施設の職員さんとは仲良くなったよ。一人、先生みたいな熱血の職員がいるんだ。

ときどき、街のことを思い出すよ。

斑目さんやみんなにもよろしく言っといて。じゃあまたね。

双葉パパより』

わずか数行に籠められたメッセージからは、今双葉が充実した毎日を送っていることが伝わってきた。双葉は笑顔でこちらに向かってピースサインをしているが、子供の方はそっぽを向き、ぶすくれた顔をしている。

それも仕方ないだろう。

見たこともない男が、突然自分が父親だと名乗り出れば戸惑うはずだ。こんな得体の知れない奴など信用するものかと、子供ながらに警戒心を露わにしている。

けれども双葉の笑顔を見ていると、心配など必要ないと感じられた。

前向きでいつも明るい双葉と接していれば、いずれ心を開くだろう。仏頂面をしながらも、こうして一緒に写真を撮られていることが何よりの証拠だ。遊園地での一日も、子供にとって意味のある一日になったはずだ。

ぶすくれた顔をしているのに、ポップコーンの箱がしっかりと握られているのもそう感じられる理由の一つで、二人の遊園地での休日が目に浮かぶようだった。

きっと、この子は幸せになる。

坂下はそう確信した。

「どうした、先生」

窓の外から斑目が顔を覗かせる。

「双葉さんから絵葉書です」

「なんだ。他の男の写真をうっとり眺めてるなんて、妬けるな。俺というものがありながら、この浮気者」

坂下は椅子を転がして窓に近づき、斑目に絵葉書を渡した。

「双葉さんと子供の写真です。やっぱりちょっと似てますよね」

「ふ〜ん。ちびっこのくせに生意気そうでいい面構えしてやがる」

斑目はしゃがみ込むと、タバコを吹かしながら写真を眺め始めた。いつも双葉がいた斑目の隣は、その不在を物語るようにスペースが空いている。

坂下は腕を窓から出して窓枠に躰をあずけるとタバコに火をつけ、空を眺めた。

青く澄み渡った空。この広い空の下に、双葉親子はいる。ここで斑目と一緒に座って坂下をからかったり、斑目とふざけ合ったりすることはないが、世界は繋がっているのだ。

清々《すがすが》しい風に吹かれながら、心地好さに目を細める。

そして、双葉に言った言葉を思い出した。

『ここは、永遠の楽園じゃありません』——それは、斑目にも当て嵌まることだ。

斑目とて歳を重ね、老いていく。その日暮らしの気ままな生活を卒業して、別の場所で安定した生活を手に入れなければならない。

新しい一歩を踏み出した双葉の写真を嬉しそうに眺めながらタバコを吹かしている斑目を見て、そう強く思う。

それは、きっと斑目もわかっているだろう。

そしてそうなるよう、自分が手を貸さなければならない。寂しくても、別れ難くても、必ずこの街から卒業させなければならない。

坂下は、静かに決心した。
いつかきっと――。

LAND

あとがき

子供の頃は戦闘もののアニメをよく見ていて、最終回に感じるあのなんともいえない感覚が好きでした。戦いが終わり、平和がやってくるのは嬉しいことなのですが、それまでともに物語を刻んでいたキャラクターたちはそれぞれ別の道を歩み始めてしまう。

大好きだったこの物語はこれで終わってしまうんだ、もう私はこの続きを見られないんだ、と思うと、切なくて切なくて、その感じが大好きだったんです。

双葉の卒業はずっと以前から考えていました。克之とくっつけて欲しいという声もあったのですが、なぜか私の中では双葉の隣にいるのは生意気そうな子供でした。双葉はパパとして新しい一歩を踏み出すと決めていたんです。

担当さん、そして奈良千春先生。いつも本当にありがとうございます。この作品に関わってくださったすべての方に感謝します。

読者さんとは次の『愛してシリーズ』でもお会いできれば嬉しく思います。